AF279526

FSC
www.fsc.org
MIX
Papier aus ver-
antwortungsvollen
Quellen
Paper from
responsible sources
FSC® C105338

Bernd Friedrich

Wie ich aus Versehen meine Schwiegermutter umgebracht habe

(Zweite, überarbeitete Auflage)

Titelbild:	Frank Müller, Drummer bei Alex Exson Band u.a.
Bildbearbeitung:	Tina Voll
Erstkorrektur:	Silke Oehler
Zweitkorrektur:	Peggy Friedrich-Vater

Verlag: BoD · Books on Demand GmbH,
Überseering 33, 22297 Hamburg, bod@bod.de
Druck: Libri Plureos GmbH,
Friedensallee 273, 22763 Hamburg
ISBN: 978-3-8192-7794-8

Inhalt

Ja, es ist wahr! Ich habe meine Schwiegermutter umgebracht. Allerdings war das keine Absicht! Ich bin ein sehr friedfertiger Mensch und lehne Gewalt grundsätzlich ab! So, wie unser Leben immer wieder durch viele kleine Zufälle beeinflusst wird, war es auch in diesem Fall. Zugegeben, leiden konnte ich sie nie! Aber da war ich nicht der einzige Mensch auf der Welt. Trotzdem, Mord ist niemals eine Lösung, dachte ich! Aber das Leben lehrte mich, dass es auch immer wieder Ausnahmen von der Regel gibt! In dem Falle meiner Schwiegermutter war das so, diese Ausnahme war die Lösung vieler Probleme und in der Folge gab es einige glücklichere Menschen.

Aber ich möchte diese verrückte Geschichte von vorne erzählen, so wie es begann.

Meine Schwiegermutter hat ihre Parolen und Lebensmaximen: Diese lauten: *„Warum bist Du eigentlich so, wie Du bist, und nicht so, wie ich es mir wünschen würde?"*

Der Paragraph 1 in ihrem Leben lautet: *„Ich habe recht, und falls das mal nicht so sein sollte, tritt automatisch Paragraph 1 in Kraft!"*

Interessen anderer interessieren nicht! Ihre Waffe ist der Terror, Psychoterror!

Schwiegermütter

Warum sind eigentlich Schwiegermütter oft so verhasst? Die Schwiegertochter oder der Schwiegersohn ist häufig tolerant gegenüber den Schwiegereltern, man will sich ja ordentlich benehmen und ist im Regelfall auch einige Jahre jünger als die Schwiegermama oder der Schwiegerpapa! Also ist man dazu bereit, sich unterzuordnen. Man macht das, jedenfalls am Anfang, man macht das, was erwartet wird! Vielleicht ist jetzt die Beziehung Schwiegermutter zu Schwiegerkind noch prima.
Es gibt auch keinen Grund zu mäkeln. Schwiegerkind zeigt sich von der besten Seite. Jeder wird aber älter, und irgendwann steht man auf eigenen Beinen und möchte sich nicht mehr einfach unterordnen.
Man beginnt zu widersprechen, man tut seine eigene Meinung kund und lebt auch danach. Das dürfte der Schwiegermutter nicht mehr so gut gefallen, denn der liebe kleine Schwiegersohn oder die liebe süße Schwiegertochter

entpuppt sich als erwachsener Mensch mit eigenen Lebensvorstellungen.

Die intolerante Schwiemu (Schwiegermutter) erkennt jetzt, dass das eigene Kind ja voll in die Scheiße gegriffen hat, denn das böse Schwiegerkind ist ja unerwartet ganz anders als ursprünglich gedacht.

Und nun beginnt die Phase des Hassaufbaus. Schwiemu möchte, dass nun doch noch alles gut wird und möchte die eigene Meinung durchsetzen. Das Schwiegerkind soll noch ein bisschen erzogen werden. Das, was die Eltern des Schwiegerkindes versäumt haben, soll nachgeholt werden. Natürlich will sie dabei das Beste für ihr eigenes Kind. Dabei bemerkt sie nicht einmal, dass das Kind schon lange eigene Wertvorstellungen entwickelt hat, schon lange groß und erwachsen ist.

Das Beste, was sich die Schwiegermutter wünscht, ist nicht immer das Beste für ihr Kind. Meinungen können unterschiedlich sein! Den Schwiegervater interessiert das nach den etlichen Jahren Ehe weniger, er will nur seine Ruhe haben, jedenfalls ist das bei meinem Schwiegervater so.

Die Anlässe für Meinungsverschiedenheiten zwischen der Schwiemu und der Schwiegertochter sind gewöhnlich häufiger als zwischen Schwiemu und Schwiegersohn.

Zum Beispiel kocht die Schwiegertochter in der Regel anders als die Schwiegermutter, sie verwendet andere Zutaten und hat andere Vorstellungen über das Kochen. Meine Schwiemu kochte das Essen so lange, bis es in seine Einzelteile zerlegt war. Sauerkraut schmeckte dann genauso wie Zeitungspapier, nämlich nach nichts, mit Salz. Früher musste ich als lieber Schwiegersohn den Fraß essen. Keiner der Familie traute sich, etwas zu sagen. Mein Schwiegervater hat sie sogar manchmal für ihre Kochkünste gelobt. Wenn es mal Reis mit gebratener Bockwurst gab, hat er sich den Eimer mit Tabascosauce aus dem Kühlschrank geholt und einen Schwung darüber gekippt. Dann gings rein damit in den Schlund. Anschließend hat er die Schwiemu gelobt. Was soll man denn noch dazu sagen? Man hat diesen Fraß in sich hineingeschaufelt und so getan, als ob es Kaviar wäre. Was sollte ich als Schwiegersohn dagegen tun? Manchmal habe ich überlegt, nach dem Essen den Finger in den Hals zu stecken, aber bei der Überlegung ist es auch geblieben. Ich habe mich das nie getraut. Es soll ja nicht gut für die Speiseröhre sein.

Außerdem ist die Art und Weise der Wäschepflege bei Schwiegertöchtern gewöhnlich anders als bei der Schwiemu. Das missfällt der Schwiegermutter, denn ihr geliebter Sohn hat eine Frau bekommen, die sich letztlich als nichtsnutzige Schlampe geoutet hat, jedenfalls denkt das so manche Schwiemu über ihre Schwiegertochter.

Da ich ein Schwiegersohn bin, traf das so nicht direkt auf mich zu. Aber indirekt schon. Meine „liebe" Schwiegermutter hat in der Zeit, als wir noch keine eigene Waschmaschine hatten, unsere Wäsche mitgewaschen. Danach sahen meine Klamotten immer so aus, als ob ich sie seit meiner Kinderzeit angezogen hätte. Um Jahre gealtert und zwei Nummern zu klein.

Ihre Rechnung ist aufgegangen, meine Frau wäscht inzwischen für alle im Haus, obwohl sie eigentlich wenig Zeit hat.

Natürlich bin ich im Laufe der Jahre immer aufmüpfiger geworden. Das ist aber nur ein Grund für unser gespanntes Verhältnis. Ihr gefällt nicht, dass ich mich nicht entsprechend ihren Vorstellungen kleide, keine Hasen halte, nicht in die Kirche gehe und mir mein Auto relativ egal ist. Außerdem möchte Schwiemu über alles entscheiden, was unsere Familie betrifft. Sie will nicht akzeptieren, dass ihre Tochter inzwischen „groß" ist und eine eigene Familie hat.

Unsere Familie

Meine Schwiegermutter heißt Hertha. Sie ist ein chronisch schlechter Mensch. Ihr schlechter Einfluss auf die Familie meiner Frau ist eindeutig. Sie möchte alles bestimmen, ihr Mann muss gehorchen, wir sollen gehorchen, sie möchte das Dorf regieren und am liebsten die ganze Welt. Unser Dorf heißt Bremdorf und liegt in der Rhön. Hier gibts viele Kühe, glückliche Kühe, wie in der Werbung, allerdings sind die Rhönkühe nicht lila, sondern schwarz-weiß.

Bremdorf liegt in der Mitte Deutschlands.

An der Stelle, an der sich die Länder Bayern, Hessen und Thüringen berühren. Für die, die sich nicht so sehr für Geografie interessieren, deren Stärke aber im Shopping liegt, sei das Folgende erwähnt: Hier grenzen die Gebiete von Aldi Süd und Aldi Nord aneinander. Man kann also locker in einer guten Stunde alle Angebote von Aldi Süd und Aldi Nord wahrnehmen. Kein Wunder, dass es hier sehr viele reiche Menschen gibt! Aber – Spaß beiseite! Ganz in der Nähe liegt Geisa. Das ist eine kleine Stadt, die sich an der Stelle des ehemaligen Ostblocks befindet, die am weitesten westlich gelegen ist. Auf westlicher Seite liegt Point Alpha, ein ehemaliger US - Beobachtungsstützpunkt. Die Nato erwartete, dass ein Angriff des Warschauer Paktes in diesem Bereich erfolgen könnte und plante den begrenzten Einsatz von Atomwaffen für dieses Gebiet in diesem Fall. Davon wussten wir DDR-Bürger aus der Rhön natürlich nichts! Jeder dachte, hier in der Provinz ist es uninteressant, Krieg zu spielen, Krieg spielt sich vorwiegend im Kampf um bedeutende Städte ab. Wir Dörfler wären mausetot gewesen, obwohl sich hier Fuchs und Igel „Gute Nacht" sagen! Der Stützpunkt Point Alpha ist heute eine Gedenkstätte.

Wir....... das sind meine Frau Eva, unsere Kinder Sarayu und Günther und ich. Ich heiße Ottmar. Dafür kann ich nichts. Meine Eltern haben das für mich so entschieden, so wie es auch den anderen Menschen der Welt geht. Niemand sagt Ottmar zu mir, ich bin einfach nur der Otto. Otto Loos. Gut zu wissen, dass manche Männer auch Detlev oder sogar Bernd heißen! Es gibt also noch beknacktere Namen als Ottmar, jedenfalls ist das die Meinung meiner lieben Frau. Als Mathelehrer weiß ich: Die Auswahl eines besonders exotischen, fremdländischen Namens für den geborenen Erdling von deutschstämmigen Menschen macht bei sehr vielen Lehrern oder anderen Menschen eine Schublade in ihrem Hirn auf. Diese Schublade ist mit Aufschrift beschriftet: „Exotischer Name = schwierig! Probleme!" Denn diese Namenswahl für das eigene Kind ist häufig direkt proportional zur Wahrscheinlichkeit der Blödheit des Kindes und/oder seiner Eltern. Was bedeutet aber Blödheit oder Bildungsferne in Zusammenhang mit dem Vornamen? Die Namensgebung unterliegt doch Trends und Namen sind außerdem von der Generation abhängig! Das stimmt. Aber trotzdem ist es so, dass meistens die schlauen Eltern ihren Kindern deutsche Namen geben, auch wenn sie vielleicht eine Generation lang aus der Mode waren, wie die Namen Anna oder Maria. In diesen Fällen können sich auch die Großeltern die Namen ihrer Enkel gut merken und bei der Schreibweise muss man nicht dreimal nachfragen. Warum müssen deutsche Eltern ihren Kindern exotische, fremdländische Namen geben, die möglichst nie zuvor in Deutschland verwendet wurden? Kein Franzose würde sein Kind Horst oder Hermann nennen. Sind die Franzosen etwa schlauer? Das dürfte sicher nicht die Ursache sein, jedoch haben sie vermutlich ein größeres Nationalbewusstsein als die Deutschen. Adolf hat es verbockt! Inzwischen werden viele alte deutsche Namen immer populärer. Wie der Name Johanna. Diesen Namen habe ich immer mit einer sehr dicken Fleischerin, der besten Freundin meiner Mutter, verbunden. Diese dicke Johanna war zwar sehr gutmütig, aber unmodern, und aus Sicht eines Kindes eine alte Frau. Inzwischen gibt es aber kleine, süße Mädchen, die wieder diesen Namen tragen, und wir verbinden ihn somit mit dem Modernen, mit der Zukunft. Alles kommt offensichtlich wieder! Deshalb sollte man trotz eigener Meinung nicht vorurteilen. Manche Leute im Ort sagen auch von uns, von unserer Familie, dass wir wegen der Namenswahl unserer Kinder einen Knall haben. Vielleicht stimmt es, aber man muss auch die Hintergründe kennen. Der Name unserer Tochter kam durch einige Zufälle zustande. Eigentlich wollten wir Sarayu Maria nennen. Der Name Maria ist in der Babynamenchartliste im Internet ziemlich weit vorne. Maria und Josef wären ja eigentlich coole Namen für unsere Kinder gewesen. Aber, als Sarayu, die ja eigentlich Maria heißen sollte, in der Pipeline war, machte unsere liebe Schwiegermutter wieder mal alles kaputt. Ihre „beste Freundin" heißt Maria.

Schwiemu und Maria sind die Dorfpolizei und die Tageszeitung in einer bzw. zwei Personen. Sie achten peinlich darauf, dass man sich anständig kleidet, kein Piercing trägt und schön *„Guden Dach"* sagt. Ziemlich viele Menschen in Südwestthüringen sind sehr nett und herzlich, aber oft kennen sie kein hartes „t". Sie kommen aus Düringen. Deshalb sagt man: *„Guden Dach!"* Im Vorgarten muss das Gras gemäht sein, ein dreckiges Auto oder nicht geputzte Fenster sind wichtige Gründe für Verachtung durch meine Schwiemu und ihre Freundin. Die beiden wissen alles, sie entscheiden, was Recht und Gesetz ist. Aber insgeheim können sich die beiden nicht leiden, jede verachtet die andere.

Woran könnte man denn eigentlich bösartige Menschen erkennen? Die Antwort ist schwer, weil sich jeder Mensch unterschiedlich zu verschiedenen Personen verhält. So mancher Chef ist an der Arbeit sehr machtbesessen, schwärzt andere an, tritt nach unten und betet nach oben. Er verhält sich einfach nur fies. Zuhause aber kuscht er vor seiner Ehefrau.
Die Nachbarn kennen nur das Verhalten im privaten Bereich und sehen das weiße Schaf in seinem Charakter. Er ist demzufolge an der Arbeit eher unbeliebt und zu Hause der liebe, gutmütige Kerl. Aber auch andersherum kann das so sein. Wenn ein Mann zu Hause den Macho raushängen lässt, seine Frau seelisch misshandelt und ausnutzt, dann ist er aus der Sicht seiner Frau bösartig, falls sie das erkennt. Jedoch an der Arbeit kann er der liebe, beliebte und gutmütige Mitarbeiter sein, der für seinen Chef alles macht. Er versucht nicht mit seinen Kollegen anzuecken und gilt dort deshalb als guter „Lulu" für alles. Also gilt er dort nicht als bösartig, im Gegenteil! Wenn aber jemand in allen Bereichen für Unmut sorgt, dann gilt er auch übergreifend als bösartig, in allen Bereichen des Lebens. Meine Schwiegermutter ist solch eine Person. Sie sät Zwietracht und ist

grundsätzlich unzufrieden. Niemand kann es ihr recht machen. Ist sie mit einer Bekannten zusammen, dann zieht sie über eine andere Bekannte her.

Ist sie bei der anderen Bekannten, dann macht sie die erste Bekannte schlecht. Komisch, dass das die Freundinnen nicht merken!

Gegenüber Bekannten dreht sie sich wie die Fahne im Wind, aber zu Hause ist sie Stalin.

Knallhart setzt sie ihren Willen durch, alle müssen zurückstecken. Wenn man vorsichtig Bedenken gegen ihre Forderungen anmeldet, sagt sie energisch: *„Widersprich mir nicht!"* Hilft das nicht, dann bekommt sie einen schrecklichen Hustenanfall.

Dieses Druckmittel ist ziemlich wirksam, am Ende gibt sie einem das Bewusstsein, dass man selbst den Hustenanfall verursacht hat. Man bekommt Schuldgefühle. Ist meine Schwiemu nicht clever?

Als meine Frau Eva und ich für unser Kind den Namen Maria gefunden hatten und wir uns endlich einig waren, ist uns ein Stein vom Herzen gefallen. Einige Wochen lang hatten wir recherchiert, gegoogelt, hatten uns gestritten und nicht mehr miteinander geredet, bis wir endlich eine gemeinsame Basis gefunden hatten. Das hat sehr viel Kraft gekostet. Erst wollten wir den Namen keinem verraten, wollten alles für uns behalten, bis unser Baby geboren wurde.

Aber Evas beste Freundin quetschte Eva so lange aus, bis sie ihr das Geheimnis verriet. Es kam so, wie es kommen musste und bald wussten es alle im Ort. Keiner sagte uns offiziell, dass er es wusste. Sie machten sich einen Spaß daraus und fragten immer wieder nach dem Namen. Wir dachten ja auch lange Zeit, dass nur Eva und ich den Namen kennen.

Als meine Schwiemu in ihrer Funktion als Dorfzeitung den Namen erfuhr, war alles zu spät. Es gab richtig Zoff.

Sie sagte: *„Was bildet ihr euch eigentlich ein? Ich möchte bei der Namensauswahl gefragt werden, ich habe doch viel größere Erfahrung als ihr!"* Ich, ich - ein Lieblingswort meiner Schwiemu. Der Name Maria war nach ihrer Ansicht schlecht vorbelastet. Ihre Freundin heißt ja so. Und ihre Freundin ist ein schlechter Mensch. Logisch, dass wir unser Kind deshalb nicht Maria nennen durften! So stritten wir wieder, und als ich den Namen Maria nicht mehr hören konnte, war mir alles egal. Schwiemu bekam den üblichen Hustenanfall, sie setzte ihre übliche Waffe zur Durchsetzung ihrer Forderung ein, dass unser Kind nicht Maria genannt wird. Meine Frau schlug, wahrscheinlich auch als Protest, Sarayu vor. Dabei blieb es letztlich, jedenfalls fast. Wir sagen einfach Sara zu ihr. Unser Sohn Günther hieß von Anfang an Günther - schon vor seiner Geburt.

Da sieht man wieder mal, dass Jungen unkomplizierter als Mädchen sind.

Günther erzieht sich auch fast von selbst.

Er ist 13 und Sara 17 Jahre alt. Sara hat sich immer als seine Mutti gefühlt, was für uns prima war. Inzwischen hat sich das aber gelegt, Sara pubertiert, raucht heimlich, schmeißt die Türen und ist manchmal ein richtig launischer Mensch. Sie ähnelt dann ihrer Oma. Nur in die Schule geht sie gerne. Da haben wir keinerlei Probleme, sie ist ein schlaues Mädchen, genau wie die Mama.

Meine Frau Eva ist eine außergewöhnliche Frau. Sie ist für mich die schönste Frau der Welt. Eva ist 1,67 m groß, nicht ganz schlank, wie sagt man: vollschlank. Aber das gefällt mir. Sie hat gute Proportionen, ordentliche Brüste, eine bezaubernde Taille, und einen süßen, runden Po. Konfektionsgröße 40 und

Körbchengröße D. Damit ist alles gesagt, was Männer interessiert!

Nein, das stimmt so nicht, wir sind nicht nur an Äußerlichkeiten interessiert! Wir Männer sind auch romantisch und finden innere Werte bedeutsam, jedenfalls ich!

Wenn Eva mit ihren langen Wimpern über ihren blauen Augen zwinkert, kann sie die ganze Männerwelt verführen.

Wie viele andere Frauen meint sie auch, dass sie zu dick ist. Natürlich kann sie nicht mit den dürren Mädchen mithalten, die über die Modelaufstege der Welt flanieren. Die sind aber von größtenteils schwulen Modemachern ausgewählt (so sagt man jedenfalls) und ähneln eher Jünglingen als Frauen. Sie sind eigentlich nicht wirklich sexy, jedenfalls nicht für heterosexuelle Männer.

Wie oft haben wir schon miteinander darüber gesprochen, dass total dünn nicht schön ist und sie mir so gefällt, wie sie ist.

Sie will es aber immer wieder hören und ich kann Pluspunkte sammeln, wenn ich ihr sage, dass sie eine Top-Figur hat. Überhaupt wollen Menschen gerne Komplimente hören, das hebt die Stimmung. Meine Frau Eva weiß das nur zu gut!

Eva verkauft Maschinen und Zubehör für die Metallindustrie. Sie arbeitet im Außendienst und ist oft unterwegs. Häufig hat sie mir schon gesagt, dass ihr ein Lächeln und ein Kompliment Tür und Tor öffnen. Ihr Aussehen und ihre Top-Figur leisten sicher auch ihren Beitrag zu ihrem Erfolg.

Wenn sie mit Firmenchefs redet, dann lobt sie den Chef, wie schön doch der Betrieb ist und dass alles so aufgeräumt und durchorganisiert ist. Das hört jeder Chef gerne.

Und wenn der Firmenchef mit seiner Firma pranzt und sie lobt, dann kommt ein erstauntes „…och", oder ein „…das hätte ich aber nicht gedacht" immer gut an. So zieht sie immer wieder lukrative Aufträge für ihre Firma an Land. Eva beherrscht den Spagat zwischen dümmlicher Blondine und gebildeter Frau recht gut. So schafft sie gute Umsätze und uns gehts finanziell gut. Nicht zuletzt trägt Evas Einkommen dazu bei. Das ist um Einiges höher als meins. Unser Haus ist bald abbezahlt und dann werden wir richtig gut leben.

Auch in technischen Belangen ist Eva viel besser als ich. Sie kann das Sieb der Spülmaschine oder der Waschmaschine im Handumdrehen zum Reinigen herausnehmen und außerdem hat sie sogar schon unser Auto repariert.

Das kann ich nicht. Ich habe zwei linke Hände, habe aber den richtigen Beruf erlernt. Ich bin Lehrer und unterrichte Mathe und Physik.

Manchmal ist das schon ziemlich ermüdend, man bereitet sich vor, plant den Unterricht so, dass möglichst jeder mitkommt, und dann kommt alles anders. Jeder Lehrer an unserer Schule hat einen anderen Lehrstil. Manche sind extrem gutmütig und lassen sich alles gefallen. Auf der anderen Seite gibt es die Stahlharten, die schon bei Kleinigkeiten bestrafen. Unser Schuldirektor Oberstudienrat Stahl ist so einer. Man könnte ihn auch Hitler nennen, aber das ist natürlich für einen Schulkollegen unpopulär, also sagen wir das lieber nicht! Die meisten Lehrer haben Spitznamen.

Manche sind auf ihre Art und Weise Exoten, etwas ganz Besonderes und Außergewöhnliches.

Eine Kollegin heißt unter den Schülern „Miss Europa". Miss Europa ist ziemlich dick und durch ihre hautenge Kleidung sieht sie aus wie ein Weihnachtsbaum im Netz. Sie trägt hautenge Kleidung, die sehr ihre Körperkonturen betont. Dazu ist sie immer bunt wie ein

Papagei geschminkt und sieht in ihrer grundsätzlich bunten Kleidung aus wie eine Kubanerin aus dem Hamburger Rotlichtmilieu. Ihr Stringtanga ist durch die Hose durch zu erkennen, man möchte sich abwenden und übergeben, aber es fasziniert einen wie ein Horrorfilm. Wegschauen ist nicht möglich! Man ist also mittendrin, anstatt nur dabei. Komischerweise sind die Schülerinnen und Schüler bei ihr diszipliniert und arbeiten in ihrem Deutschunterricht mit.

Die Jungens in der Oberstufe sind sexuell sehr fantasiereich, sie schauen mit starren Blicken auf die Brüste und den Po von Miss Europa und träumen davon, darin zu versinken.

Ein anderer Typ ist „Stalin". Stalin hat eine sehr laute Stimme und ist sehr hart in seinen Bewertungen. Er duldet keinen Widerspruch und wer stört, wird unbarmherzig auf die „Liste der Gejagten" gesetzt. Gejagter heißt, er muss Vorträge ausarbeiten oder zu mündlichen Lernkontrollen an die Tafel. Das spricht sich rum und so sitzen die Schüler lethargisch in seinem Unterricht und warten auf das befreiende Pausenklingeln. Es stört keiner und es arbeitet kaum jemand mit. So kann Stalin laut seine monotonen Vorträge halten und sinnieren, so dass man selbst auf dem Schulhof bei geschlossenem Fenster mithören kann.

Da ist noch „Miss Peggy". Miss Peggy ist die Englischlehrerin. Leider kann sie nicht richtig Englisch sprechen. Es hört sich an, als ob ein bekannter deutscher Fußballstar versucht, Englisch zu reden. Da sie außerdem konfus ist und gerne mal ein paar Schnäpschen trinkt, ist immer Party in ihrem Unterricht. Die Schüler tun, was sie wollen, und hören oft nicht zu. Da sie viel zu gut für diese Welt ist, bekommen sie trotzdem gute Zensuren und bestehen die Prüfungen.

Durch diese wundersamen Erfolge haben sich weder Schüler noch Eltern über die Unfähigkeit von Miss Peggy beschwert.

Ich bin unter Schülern nur der „Otto".

In meiner Anfangszeit als Lehrer habe ich dummerweise meinen Schülern das „Du" angeboten. Davon machten sie auch rege Gebrauch. Ich wollte verkrustete Strukturen aufbrechen und mich jugendnah präsentieren. Anfangs war ich auch der coole Otto. Ich reichte den Schülern die Hand und war wie „die Grünen" in ihren Anfangsjahren. Blauäugig, Welt verbessernd, aber realitätsfern. Nach zwei Monaten ergriffen meine

Schüler nicht mehr nur meine hingereichte Hand, sondern sie rissen mir förmlich den Arm aus.

Aber wie dreht man einmal gegebene Zugeständnisse wieder zurück? Das ist sehr schwer. Im Laufe der Jahre habe ich dazu gelernt. Ich werde wie alle anderen Kollegen mit „Sie" angesprochen, nur der Spitzname „Otto" ist noch geblieben. Das ist ja auch nicht schlimm, die Schüler gebrauchen den Spitznamen nur im Gespräch untereinander.

Ich habe gelernt, dass alle Worte der Welt nicht wirken, wenn man keine Leistungsüberprüfung macht. Man kann reden und reden, aber die Schüler tun nur wirklich etwas, wenn man regelmäßig Arbeiten schreiben lässt.

Noten interessieren fast jeden Schüler, auch wenn sie noch so cool tun. So schreiben meine Schüler fast jeden Tag eine „tägliche Übung". Ich bewerte dann immer nur einige Schüler und dadurch hält sich der Aufwand für das Durchsehen der Arbeiten in Grenzen.

Nebenbei verschafft das Respekt, denn bei der täglichen Übung entscheidet der Lehrer, wer abgeben muss oder darf.

Manche Menschen denken: „Lehrer werden geboren, kriegen Ferien und sterben". Ganz so ist es natürlich nicht. Denn wenn es so einfach wäre, dann würden ja viel mehr Studenten versuchen in das Lehramt zu gelangen.

Mein Gegenargument gegenüber Denjenigen, die sagen, dass Lehrer ja eigentlich nicht arbeiten, ist: „Warum hast Du nicht diese Chance genutzt und bist Lehrer geworden?"

Eigentlich hat ja jeder in seinem Leben genug die Lehrertätigkeit mitverfolgen können. Dann habe ich im Regelfall den Angriff auf unseren Beruf abgewehrt.

Insgesamt gesehen geht es Eva und mir also sehr gut …..wenn nur die Schwiemu nicht wäre!

Der Einkauf

Am 1. Samstag im Mai begann das Drama. Die Familie musste einkaufen gehen, so hatten es Eva oder Schwiegermutter Hertha entschieden.

So genau weiß ich das nicht. Manchmal hat Hertha eine Idee. Entweder sie sagt das und erwartet, dass sich alle fügen. Dann ist das Gesetz geworden und keiner traut sich, ihr zu widersprechen. Alternativ pflanzt sie die Idee ihrer gutmütigen Tochter ins Hirn. Eva sagt mir das dann später, und dann ist es für mich Gesetz.

Weshalb soll ich wegen unwichtiger Dinge diskutieren? Ich mache einfach das, was sich Eva wünscht. Dann ist die Welt in Ordnung.

Es sollte um 10 Uhr losgehen. Hertha stand nun schon fünf vor 10 Uhr im Flur bereit. Der Gestank des nach Mottenkugeln stinkenden Mantels wehte mir schon von unserem Schlafzimmer entgegen. Da stand sie nun, wie der Führer, die Hand nach oben gerichtet und uns antreibend: *„Seid ihr noch nicht fertig?"*

Ihr Arm glitt abwinkend durch die Luft. *„Also wie immer!"*, ergänzte sie.

Eva rief: *„Es ist noch nicht 10 Uhr!"*

„Nach meiner Uhr aber schon", war die Antwort von Hertha. Genau um 10 Uhr gingen wir zum Auto. Allerdings fehlte, wie immer, noch Sara. Bei ihr endet oder beginnt die Stunde im Normalfall 15 Minuten später.

Ich öffnete das Auto. Schwiemu stieg wie selbstverständlich auf der Beifahrerseite ein und ließ sich auf den Sitz fallen, so dass das ganze Auto wackelte. Für Schwiemu ist es selbstverständlich, dass sie vorne sitzt. Eva ist ja ihr Kind, und Kinder sitzen auf der Rückbank. Eva nahm hinter mir Platz. Nun saßen wir im Auto und warteten auf Sara. Hertha fauchte mich an und sagte: *„Da mach ihr doch endlich Beine!"* Ich stieg aus und als ich zum Haus lief, kam Sara heraus.

Wortlos setzte sie sich neben Eva auf die hintere Sitzbank. Wie immer stöpselte sie sich die Kopfhörer in die Ohren und spielte am Handy. Ich startete den Wagen. Beim Fahren aus der Ausfahrt fragte ich: *„Rechts frei?"* Hertha sagte: *„Da fahr doch schon!"* Also fuhr ich los. Eva rief *„Halt, Stopp!"* Ich bremste den Wagen und wir standen schon halb auf der Straße. Von rechts kam der Behindertenbus, ein Kleinbus voller behinderter Kinder. Er fuhr knapp an uns vorbei. Der Fahrer schüttelte dabei nur mit dem Kopf. Hertha rief: *„Kann der nicht aufpassen!"* Sie riss ihre Hand nach oben und zeigte den Stinkefinger. Der Fahrer hatte es aber vermutlich nicht mehr gesehen. Ich sagte: *„Der war doch gar nicht schuld, er kam doch von rechts!" „Aber dann hast Du nicht aufgepasst!"*, war ihre Antwort. Was sollte ich noch sagen? Widerspruch sinnlos! Wäre ich doch nur etwas mehr auf die Straße gefahren. Der wäre voll in die Beifahrertüre geknallt…! Wieder mal eine verpasste Chance!

Ich fuhr hinter dem Bus her und die behinderten Kinder hatten offensichtlich eine gute Auffassungsgabe. Sie zeigten uns, um den Platz an der Heckscheibe kämpfend, den Stinkefinger. Ein Mädchen leckte bei dieser Gelegenheit die Heckscheibe von innen ab.
Irgendwie war das lustig anzusehen. Hertha fluchte:
„Unverschämtheit! Diese unerzogenen Gören!"
Ich sagte: *„Du hast zuerst den Finger gezeigt!"* Aber ich hätte es auch nicht sagen müssen. Dieser Satz perlte an Hertha ab wie Wasser an einem geölten Hering.
Nach 500 m bog der Bus nach links ab, wir fuhren aber nach rechts. Die meisten Kinder winkten uns zum Abschied und warfen uns Handküsse zu. Ich habe zurückgewinkt.
Im Auto herrschte Stillschweigen. Ich fuhr das Auto, ohne nachzudenken, und folgte dem Straßenverlauf ganz automatisch. Da kam mir wieder der Mottenkugelgeruch in die Nase. Er erinnerte mich an unseren letzten Besuch im Zoo. Aber scheinbar war ich der Einzige, der diesen Gestank wahrnahm. Eva und Sara dösten leicht schnarchend auf der Rückbank und Hertha verdrehte auch ihre Augen.

Wenigstens kann ich so in Ruhe fahren und niemand labert mich voll!

Ich dachte an Menschenfresser. Wenn jetzt Menschenfresser unser Auto anhalten würden, Hertha würden sie garantiert verschmähen. Ekliger Gestank! Ich musste bei diesen Gedanken lachen, also kicherte ich in mich hinein. Hauptsache, Hertha schläft weiter! Sonst geht sie mir wieder auf die Nerven. Irgendwie kriegt sie das immer hin.

Sie verbringt den größten Teil des Tages in unserer Wohnung, angeblich um zu helfen. Ich habe allerdings nicht so viel von ihrer Hilfe gemerkt. Eigentlich will sie uns bevormunden. Sie kocht absolut anders als Eva, ist jedoch die Maggiequeen. Trotzdem will sie meiner Eva erklären, wie richtig gekocht wird. Eva kann es aber viel besser! Und wenn es nicht so wäre, mir wäre es egal. Ich liebe das Essen von Eva, weil ich sie liebe. Hertha kann auch viel besser bügeln als Eva. Jedenfalls behauptet sie das. Eva ist es von Kindheit an gewohnt, dass ihre Mutter grundsätzlich alles besser weiß und kann. Sie sagt nichts dazu und lässt Hertha reden oder machen. Eva weiß: Bei Widerspruch gibt es Zoff, der letztlich nur belastet.

Also legt sie sich nicht mit Hertha an. Das ist so Tradition in ihrer Familie.

Ich halte auch meistens meinen Mund, was solls? Wenn Hertha aus dem Raum raus ist, atmen wir tief durch und machen unser Ding. Insgeheim hoffe ich doch auf eine biologische Lösung, auch wenn sich das gemein anhört. Aber eigentlich ist ihre Anwesenheit Gift für unsere Beziehung.

Es liegt immer Hochspannung in der Luft.

Ich habe Eva schon vorgeschlagen, dass ich sie am helllichten Nachmittag auf dem Küchentisch vernasche, extra in dem Augenblick, wenn die Hertha in die Wohnung kommt.

Eva fand diese Idee prinzipiell gut, aber uns fehlte bisher der Mut zur Umsetzung.

Hertha klopft ja nicht an, platzt einfach in die Wohnung hinein. Das ist das Problem, wenn man ein Haus mit zwei Wohnungen, jedoch einen gemeinsamen Flur hat. Ursprünglich sollte es ja nur für uns sein, aber weil Eva ein Gutmensch ist und wir auch ein wenig Miete als nicht schlecht empfanden, wohnen nun die Schwiegereltern mit im Haus. Das war die blödeste Entscheidung unseres Lebens. Beide sind Rentner und wenn man von der Arbeit nach Hause kommt, dann steht Schwiemu garantiert auf der Matte, obwohl eine halbe Stunde Besinnungszeit - ohne jegliche Gespräche - nach der Arbeit wirklich toll wäre.

Schwieva ist wartungsarm, der braucht nur seinen Fernseher mit Sportkanal, Zigaretten und eins, zwei, drei oder siebenundzwanzig Schnäpschen, damit er den allergrößten Fehler seines Lebens vergessen kann.

Nicht zu vergessen. Seine Hasen! Die beobachtet er beim Fressen und beim Sex. Er steht dann vor dem Hasenstall wie in einer Peepshow. Dem Rammler dürfte das ziemlich egal sein. Hauptsache, er hat ab und zu seinen Spaß und genug zum Fressen.

Dass er nicht eines natürlichen Todes sterben wird, weiß er nicht. Also belastet ihn das nicht. Auch nicht schlecht. Wenn wir Menschen nicht so viel über unser unabwendbares Ende wüssten, wäre das vielleicht auch nicht übel?

Wir wären viel unbeschwerter und könnten vielleicht unsere Tage viel besser genießen!

In Gedanken versunken, war ich schon viele Kilometer gefahren. Manchmal merkt man nicht mal, dass man gefahren ist. Das Fahren läuft mit etwas Routine automatisiert ab.

Die Autos vor mir wurden nun langsamer. Jetzt musste ich abbremsen. Leider machte ich das etwas unsanft. Ich war wohl doch nicht so richtig bei der Sache. Hertha wachte auf und rief: *„So pass doch auf!"*

„Ich habe doch aufgepasst! Es ist doch überhaupt nichts passiert!" Meine Worte haben wohl niemanden im Auto interessiert.

Nun standen wir auf der Autobahn im Stau.

Jetzt war Hertha richtig aufgewacht. Sie hielt mir Vorträge darüber, wie schön doch alles früher war und wie undankbar heute die Menschen sind. Ich merkte, wie mein Lenkrad, einen Baum suchend nach rechts zuckte, aber wir standen ja im Stau. Bringt also nichts!

Mir gingen wilde Gedanken durch den Kopf: *„Was kostet wohl ein Auftragsmord, oder gibt es ein Gift, welches man nicht nachweisen kann? Sollte ich mal Pilze sammeln gehen und Hertha zu einer Pilzsuppe mit Rezept aus einem Kriminalroman einladen?"*

Ich drehte am Radioknopf, die Musik sollte das Gelaber übertönen, aber da bekam ich wieder von hinten eine drauf.

Pubertierendes Kind schrie mich an: *„Mach das Radio aus, ich kann die Oldies nicht mehr hören"*, Eva musste Pippi. Das geht bei ihr schlagartig. Mit einem Mal musste sie und stand kurz vor der Explosion, also wie immer. Schwiemu war im siebten Laberhimmel.

Endlich - es ging weiter, zwar langsam, aber immerhin. Eva sagte im barschen Ton zu mir: *„Fahr schneller, ich muss wirklich mal dringend!"* Schwiemu untermauerte Evas Worte: *„Warum fährst du nicht links?"* Meine Antwort, dass es im Stau egal ist, ob man links oder rechts langsam dahin tuckert, interessierte jetzt nicht wirklich. Sara hatte jetzt Kopfschmerzen. Schwiemu rief: *„Da fahr doch endlich links, sonst kommen wir ja nie an!"*

Meine Mordgedanken begannen sich in Selbstmordattentatgedanken umzuwandeln. Ob ich wohl den Märtyrerstatus erlangen könnte und mir ein Leben im Paradies vergönnt wäre, mit vielen Jungfrauen, wenn ich die Welt vom Schwiemonster befreien würde? Rechts Leitplanken, kein Baum weit und breit! Keine Möglichkeit für ein Selbstmordattentat. Ich schaute nach links: Links war frei! Ich zog nach links an, wollte überholen, da krachte ein anderes Auto hinten links in unseren Wagen.

Hinten links ist nicht vorne rechts, also war mein Märtyrertum vollständig blödsinnig. Was für Gedanken einem so durch den Kopf gehen! Rechts war die Spur voller Autos, also hielt ich links auf der Autobahn an.

Der Benzfahrer aus dem hinteren Auto stand schnell vor meiner Tür, ein gut gekleideter Anzugmensch mit unfreundlichem Gesicht riss die Fahrertür auf und ich dachte: *„Jetzt haut er mir eine rein"*, aber es passierte nichts, wir schauten uns nur kurz feindlich an. Nach fünf   Sekunden Schweigen sagte der Benzfahrer: *„Mensch Eva, …… du bist das ja!"*

Er wandte sich jetzt Eva zu, die ihr Fenster runtergelassen hatte, und hielt mit ihr einen Smalltalk. Ich war ja der Unfallverursacher, aber ich wurde von diesem Mann vollkommen ignoriert. Also stieg ich aus und schaute mir den Schaden an: Stoßstange, Lampe und Kotflügel lädiert, gut, dass unser Auto alt ist.

Ich freute mich insgeheim, dass der Benz auch nicht mehr jungfräulich aussah, er hatte ein ähnliches Schadenbild, aber es war mit Freude anzusehen.

Schwiemu laberte zu mir: *„Klar, du bist schuld, du musst das bezahlen!"*

Kind schaute interessiert, nach dem Motto: Endlich erlebe ich mal was! Und Eva lächelte dem Benzfahrer zu, als ob er ihr gerade einen großen Strauß rote Rosen überreicht hätte.

Ehe ich klare Gedanken fassen konnte, was nun zu tun ist, verabschiedete sich der Benzfahrer mit den Worten an Eva: *„Ich rufe dich an, wir werden uns schon einig wegen des Schadens."*
Ich kam mir nun vor wie ein kleiner, dummer Junge, der etwas ausgefressen hat, aber die Mami hat es geklärt, alles prima, alles bestens, Mami kennt alle!
Ich stieg in mein verbeultes Auto. Wenigstens war es noch fahrbereit. Auf der rechten Spur fuhren inzwischen die Autos an uns vorbei und begafften uns wie Affen im Käfig.
Ich fragte Eva: *„Wer war das denn?"*
„Ach, ein alter Bekannter aus meiner Abi-Zeit, den habe ich schon lange nicht mehr gesehen. Der wollte früher mal was von mir!"
Schwiemu hakte ein: *„Und warum hast du ihn nicht genommen? Ist ein feiner Kerl, schönes Auto, feiner Anzugstoff. Er scheint auch sehr großzügig zu sein!"*
Mir kam das Kotzen! Aber ich hielt den Mund. Klar war ich schuld an dem Unfall, aber Schwiemu hatte mich auf die Palme gebracht, sodass ich dummerweise auf die linke Spur gewechselt habe.
Nein, Eva war mir nicht böse, das sah ich an ihrem Blick. Kann ja mal passieren, ich bin ja

nun mal kein Schumi, aber irgendwie war ich Eva böse. Oder war ich neidisch? Ich kam mir einfach nur blöd vor.

Wir fuhren weiter, jetzt war die Autobahn endlich frei, Schwiemu neben mir labernd, Kind schrieb SMS an alle, Eva irgendwie glücklich schauend - nur ich war hier der Blödmann.

Endlich waren wir auf dem Parkplatz vor dem Möbelhaus.

Allerdings waren alle Parkplätze belegt. Eva stieg deshalb schon mal aus und rannte aufs Klo, Sara entfernte sich vom Auto. Sie wollte ja nicht unbedingt einkaufend mit ihren Eltern gesehen werden. Ich suchte einen freien Parkplatz und beim ersten Versuch gelang es mir, das Auto fast perfekt einzuparken.

Nun ging ich mit Schwiemu zum Möbelhaus, sie fragte mich noch: *„Hast du denn das Auto nicht gesehen?"* Meine Hände verkrampften sich in den Jackentaschen und ich sagte zu mir *„Gewalt ist keine Lösung!"* und zu Schwiemu gewandt schrie ich: *„Doch, ich habe das Auto gesehen, aber ich wollte, dass wir heute mal etwas Besonderes erleben!"*

Endlich, nun hielt sie ihren Mund, und jetzt begann der zweite Teil des Dramas an diesem Tag.

Es war hier voll, übervoll, Menschenmassen gingen den vorgesehenen Weg entlang. Es war wie im Affenfreigehege. Die Affen laufen dort auch immer wieder ihren Lieblingsweg. Damit man nicht vom Weg abkommt, war dieser mit aufgemalten Fußabdrücken in Laufrichtung gekennzeichnet. Serpentinenförmig, im Zick-Zack, damit man möglichst alle Angebote sieht und irgendwann schwach wird und sein Geld für irgendwas ausgibt, was man gar nicht benötigt. Es wimmelte hier nur so von allen möglichen Accessoires, oder anders ge-sagt: *„Wohlstandsmüll"*, also Dinge, die man eigentlich nicht benötigt.

Ich hasse Shoppen! Trotzdem lief ich mit der Herde mit. Ich habe mich nicht einfach, wie das mancher andere Mann tut, in die Spielecke gesetzt, um darauf zu warten, dass Mami fer-tig geshoppt hat.

Was wir kaufen wollten, war mir nicht ganz klar und ich hatte das Gefühl, dass ich damit nicht alleine war. Vielen Ehepaaren sah man den vorhandenen oder bevorstehenden Streit an. Einkaufen ist stressig, vor allem wenn man keinen richtigen Plan hat.

Eva hatte sicherlich ihre Kaufvorstellungen, ich lief in angemessenem Abstand hinter ihr her und dachte mir - Was würde wohl passieren, wenn ich mich jetzt auf den Boden werfen, mit den Füßen strampeln würde und rufen würde: *„Ich möchte nach Hause"*!

Kinder haben es gut, wenn sie ganz klein sind, werden sie im Kinderwagen durch die Gegend gefahren, alle Wünsche werden von den Augen abgelesen. Auch später, wenn sie größer sind, richten sich alle nach den Wünschen der Kinder. Besuchen wir den Zoo oder gehen wir ins Kino. Fahren wir in die Berge oder ans Meer? Die Eltern sind immer die Blöden, praktisch rechtlos, die Kinder entscheiden, wo es lang geht. Und dann gibt es ja auch noch Hertha, sie ist ja auch wie ein Kind! Wo ist sie eigentlich? Von Menschenfressern entdeckt und gefressen? Leider wird das wohl ein Traum bleiben! Inzwischen waren wir in der Bettenabteilung. Eva legte sich auf ein Bett, nett anzusehen. Der Gedanke machte mich an, es jetzt und hier mit ihr zu treiben. Wie wohl die Leute reagieren würden? Würden sie so tun, als ob sie es nicht merken würden?

Aber meine Gedanken wichen leider schnell der Realität als sie sagte:

„Wir könnten auch wieder mal neue Matratzen gebrauchen?"

Ich fürchtete schon wieder Schlimmes und erwiderte: *„Unsere Matratzen sind doch gerade erst 3 Jahre alt"*.

„Stimmt nicht, mindestens 5 Jahre, und die waren damals doch ganz billig!", sagte Eva. So billig waren sie zwar nicht. Aber was sollte ich ihr widersprechen, ich bin ja sowieso der Blöde, Unfallverursacher und unfähig für eine Auseinandersetzung. Ich bin altruistisch, allen soll es gut gehen! Nein, ich wollte keinen Streit, zumal Hertha inzwischen auch aufgetaucht war und mich strafend anschaute, ich wusste, ich war heute der Loser. Also legte ich mich neben Eva, um die Matratze auszuprobieren. Ich versank in ihr wie im Wasserbett, mit zu wenig Druck.

Ehe ich etwas sagen konnte, sagte Eva mit Bestimmtheit: *„Die sind sogar antiallergisch, die nehmen wir!"*

Hertha stimmte jetzt mit ein:

„Na klar, ihr könnt Euch doch auch mal was Gutes gönnen!"

Darauf stellte ich die Frage, die Männer immer stellen: *„Was kosten die denn?"* Der Verkäufer hatte schon Morgenluft gewittert: *„Eigentlich kosten sie 999,-€, aber sie sind heute im Angebot für 899,-€!"*

Ich fragte nun resigniert: *„Alle beide?"*, obwohl mir die Antwort schon klar war.

Der Verkäufer sagte die üblichen Sprüche auf: *„Die sind mit ganz neuen Materialien in 12 Zonen aufgebaut. Mit Material aus der Raumfahrt. Beste Qualität! So günstig kriegen sie die nie wieder!"* Diese Worte hatte ich schon oft gehört, heute billig, …morgen teuer, so ein Angebot kommt nie wieder.

Eva hauchte mich an: *„Ich wünsche mir auch nichts Anderes mehr zum Geburtstag und zu Weihnachten."*

Hertha keifte dazu: *„Sei doch nicht so geizig!"*

Ich gab auf und sagte: *„Na gut, dann nehmen wir sie halt!"*

Eva fiel mir um den Hals und drückte mich. Sie gab mir das Gefühl, dass ich jetzt wirklich etwas entschieden hatte.

Hertha war wieder mal schlitzohrig und sagte: *„Ich kann mir ja so etwas Teures nicht leisten!"* Und es funktionierte prima! Eva sagte nun zu mir gewandt: Eigentlich könnten wir unserer

Mutter auch eine neue Matratze kaufen. Ihre ist doch schon über zehn Jahre alt.

Das hatte ich schon befürchtet.

Eigentlich ist jeder Euro, den man dem Teufel spendet, verlorenes Geld.

Aber mir war klar, heute ist nicht mein Tag, ich stehe auf verlorenem Posten.

Ehe vielleicht Sara auftauchen würde und eventuell auch noch Matratzenanrechte einklagen würde, sagte ich: *„Ja, ist eine gute Idee!"*

An Schwieva dachte wieder einmal kein Mensch. Ich stand heute in der Hackordnung sehr tief, aber mein Schwieva stand weit, weit darunter.

Wir schlossen also das Geschäft ab, Lieferung inklusive, na ja, ...bei diesem Preis habe ich nichts Anderes erwartet.

Wir gingen zügig zum Auto, Eva schickte Sara eine SMS als Einladung zur Heimfahrt.

Als sie dann endlich auftauchte, fuhren wir nach Hause. Dieses Mal ohne einen Zwischenfall. In der folgenden Nacht haben Eva und ich uns zweimal geliebt. Irgendwie hatte sich der Matratzenkauf ja doch gelohnt!

Der tägliche Kleinkrieg

Der Sonntag verlief wie üblich. Schwiegermonster Hertha war morgens in der Kirche. Vielen Dank, liebe Kirche! Wir schliefen etwas länger, aber schon kurz nach neun Uhr war sie wieder zurück. Wie immer kam sie einfach in unser Schlafzimmer und erzählte munter darauf los, was es denn Neues in Bremdorf gibt. Es gibt immer interessante Neuigkeiten zu erzählen. Wer mit wem rummacht, oder dass sich unsere Nachbarn eine neue Mielewaschmaschine gekauft haben und dass diese unheimlich teuer war.

Aus ihren Worten sprach der blanke Neid. Sie interessierte dabei überhaupt nicht, dass wir noch unsere Augen geschlossen hatten. Eva brummte nur ein unfreundliches *„mhm"*, was so viel wie *„Ja, ja"* bedeuten sollte, aber eigentlich wie *„Leck mich am Arsch"* gemeint war. Schade, dass die Spielzeugpistole, die ich zur Abschreckung vor Einbrechern in meinem Nachtschrank habe, nur ein Spielzeug ist! Ich fasste provokativ bei Eva unter die Bettdecke, in Richtung ihres Intimbereichs, aber auch das konnte meine hartnäckige Schwiemu nicht von ihrem Geschwätz abbringen. Sie war einfach lästig, ohne jegliches Gefühl dafür, dass ihre Anwesenheit nicht erwünscht ist.

Wie oft ist Schwiemu uns schon am Sonntagmorgen auf den Zeiger gegangen? Wie oft wird sie wohl noch? Seit unsere Kinder länger schlafen, ist sie diejenige, die dafür sorgt, dass wir nicht lange schlafen können.

Ich bin für die Einführung der Ganztagskirche, das gäbe Erleichterung für so manche Familie und so manchen Ehemann.

Aber leider hat Gott scheinbar auch seine Sprechzeiten.

Eigentlich wäre ich ja untauglich gewesen, um Eva zu heiraten. Eva ist katholisch und ich evangelisch, im Grunde ist mir das aber egal. Wenn ein katholischer Mensch einen Nichtkatholischen heiraten möchte, dann gibts nur wenige Lösungen. Ideal: den katholischen Glauben annehmen, Notlösung: Katholische Trauung in katholischer Kirche durchführen, sich *„freiwillig"* für die katholische Erziehung zukünftiger Kinder entscheiden.

Wir haben uns für die Notlösung entschieden.

Ein dritter Weg wäre nicht möglich gewesen, dann hätte mich Eva wohl nicht genommen, in Rücksicht auf ihre Eltern (sprich Mama).

Nun waren wir richtig wach.

Eva und ich frühstückten gemütlich und danach ließ ich den Vortag Revue passieren.

Unsinniger Weise 3 Matratzen gekauft, Auto verbeult, ich werde bei der Versicherung aufsteigen. Wird wohl ein Tausender sein, wegen Blödheit Unfall verursacht.

Eva sagte: *„Du musst das mit der Versicherung klären!"*

Ich antwortete: *„Ja, aber ich habe ja nicht einmal die Personalien von diesem Benz-Fahrer, diesem Blödmann!*

Eva erwiderte: *„Der wird sich schon melden und wenn du willst, kümmere ich mich darum!"*

Prima, ich habe eine tolle Frau! Wir verstehen uns sehr gut.

Meinungsverschiedenheiten werden immer ausdiskutiert und wir sehen grundsätzlich im anderen Partner das Positive, Negatives wird nicht überbewertet. Warum gibt es eigentlich so viele Paare, bei denen fremdgegangen wird und man sich dann trennt? Das kann uns nicht passieren! Dazu verstehen wir uns zu gut!

Die nächsten Tage verliefen ganz normal. Eva war den ganzen Tag bei ihren Kunden unterwegs, ich wurde in der Schule von meinen Schülern gequält und ich quälte zurück. Und im trauten Heim wartete Schwiemu auf den nächsten Krieg. Nein, Krieg ist das falsche Wort. Nächster Angriff auf mich, auf meine Nerven. Im Krieg kämpft man ja, nein ich bin kein Kämpfer, ich will nur meine Ruhe und meinen Frieden haben. Hertha stand wartend in der Tür unseres Hauses und begann mich zu agitieren.

Dieses Mal ging es um die Energiekosten der Außenlampen mit Bewegungsmeldern.

Sie war der Meinung, dass diese Lampen Unmengen an Energie verbrauchen. Sie schalten sich ja wegen jeder Katze ein. Ich habe ihr schon tausendmal vorgerechnet, dass das uns etwa 10 € im Jahr kostet, ist also kein Drama. Außerdem zahlen wir das, nicht Hertha. Sie kann oder will es nicht begreifen, überdies hält sie mich für unfähig. Ja, ich kann keine Hasen schlachten und interessiere mich nicht für Hühner. Auch der Pfarrer in unserem Ort ist mir egal, er interessiert sich nicht für mich, warum sollte ich mich für ihn interessieren? Der Papst möchte zwar die alten verkrusteten Strukturen aufbrechen und die Kirche menschennah umgestalten. Aber das ist sicher ein steiniger Weg! Ich achte ihn sehr dafür und wünsche ihm das Beste dabei!

Wenn ich mich nicht für Kirche interessiere, bin ich doch deshalb kein böser Mensch? Soll doch jeder nach seinem Geschmack leben!

Das Pillenverbot meiner Schwiemu

Als Eva und ich zur Arbeit gegangen waren, muss Hertha wieder einmal die Schränke durchgewühlt haben. Vermutlich macht sie das gelegentlich mal, allerdings haben wir keine Beweise. Sie hat traditionell Zugang zu unserer Wohnung. Früher hat Sie auch auf unsere Kinder aufgepasst, als sie noch klein waren. Selbstverständlich bekam sie einen Zweitschlüssel für unsere Wohnung. Wenn sie mal eine Tüte Zucker oder Mehl ausleiht, dann kann sie das ja tun. Sie stellt sie gewöhnlich wieder an Ort und Stelle, ohne dass wir eine Rückgabe einklagen müssen. Weil sie Evas Mutter ist, wollte Eva auch nie, dass wir unsere Wohnung vor ihr verschließen. Dafür habe ich schon Verständnis.
Allerdings, wenn Schwimu in unseren Schlafzimmerschränken wühlt oder private Akten durchliest, dann ist das nicht in Ordnung.
Eva nimmt schon seit etlichen Jahren die Pille. Das ist für uns eine selbstverständliche Mög-

lichkeit der Empfängnisverhütung. Außerdem hat sie dadurch weniger Menstruationsprobleme. Das Verrückte daran ist nur, dass ihre Mutter das nicht wissen darf.

Wohlgemerkt geht Eva auf die 40 zu, sie ist verheiratet und hat zwei Kinder!

Als Eva noch ein Kind war, hat ihre Mutter die üblichen Fragen ihrer pubertierenden Tochter zu Sexualität mit einer Ohrfeige beantwortet. Auch später, als Eva schon lange Zeit erwachsen war, hat Hertha die Empfängnisverhütung mittels Pille abgelehnt. Argumente, dass die Pille heute ein übliches Mittel zur Empfängnisverhütung ist und sehr viele Frauen im gängigen Alter schon längere Zeit die Pille nehmen, hat Hertha nicht gelten lassen.

Sie meint, dass der Papst die Einnahme der Pille verboten hat. Ich denke aber: Der Papst kann das nicht verbieten, so wie der Papst nicht Diebstahl oder Mord verbieten kann. Das ist doch einleuchtend!

In der päpstlichen Schrift: Humanae Vitae" steht: *„Ebenso ist jede Handlung verwerflich, die entweder in Voraussicht oder während des Vollzugs des ehelichen Aktes oder im Anschluss an ihn beim Ablauf seiner natürlichen Auswirkungen darauf abstellt, die Fortpflanzung zu verhindern, sei es als Ziel, sei es als Mittel zum Ziel."*

Das bedeutet, dass die Kirche die Empfängnisverhütung als nicht gut bewertet. Und Hertha fordert deshalb von Eva, dass sie keine Pille nimmt.

Alles, was Spaß macht, ist verboten, ungesund oder macht dick. Selbstverständlich nimmt Eva die Pille. Sonst hätten wir vermutlich schon erheblich mehr Kinder. Außerdem hat Eva dadurch weniger Probleme mit der Regel.

Das Verrückte ist nur, dass Hertha das nicht erfahren darf.

Eva versteckt ihre Pillen schon seit Jahren in einer Schönheitscremedose im Schlafzimmer. Die füllt sie regelmäßig auf.

Nun wollte sie heute am Abend ihre Pille nehmen, aber ihre Dose war leer. Sie hat sie erst vor zwei Tagen aufgefüllt. Aber die Pillen waren einfach weg!

Wer macht denn so was? Günther sicher nicht, außer Fußball interessiert ihn kaum etwas.

Horst wird die Pillen nicht nehmen, ist ja kein Alkohol darin! Mit Sara haben wir schon längst darüber gesprochen. Sie hat von uns die Freigabe, die Pille zu nehmen. Es ist ihre Entscheidung. Sie wird sie deshalb nicht ihrer Mutter stehlen. Bleibt nur noch Hertha. Da Eva jedoch offiziell keine Pille nimmt, kann sie

Hertha auch nicht zur Rede stellen. Trotzdem meinen wir, dass die Wegnahme der Pille wieder einmal eine *„Erziehungsmaßnahme"* von Hertha ist, um ihre Tochter auf den richtigen Weg zu bringen. Gott sei dank hat Eva noch eiserne Reserven in einem anderen Versteck, also ist das kein Grund zur Verzweiflung. Wir reden deshalb einfach nicht mit Hertha darüber und tun so, als ob nichts passiert wäre! Natürlich ist das nicht der richtige Weg, jedoch will Eva keinen Streit mit ihrer Mutter. Und ich schweige dazu! Ist das nicht verrückt?

Günther ist schwul

Meiner Schwiemu Hertha ist es zuerst aufgefallen. Da sie die *„bösen Seiten der Welt"* überwacht, merkte sie, dass Günther viele Männerposter in seinem Zimmer hängen hat. Fußballer, aber auch Sänger hängen zahlreich an den Wänden seines Zimmers. Es ist nicht sehr groß, aber mit ca. 2m x 3m ausreichend. Er wird bald 14 Jahre alt und normalerweise hängt man doch in dem Alter Bilder von Frauen auf. Jedenfalls hätte ich das so getan.

Nackte Frauenbilder sind als Akte Kunst und haben nichts mit Pornografie zu tun.

Aber unser Sohn hatte Männerposter aufgehängt, einer der Männer hat sogar den Oberkörper frei. Sie teilte mir ihre Befürchtung mit: *„Passt besser auf Günther auf, sonst wird er noch ganz schwul und gerät auf die schiefe Bahn."* Ich stritt mich mit Hertha darum, ob unser Sohn schwul oder nicht schwul ist.

Außerdem ist es ja keine Schande, schwul zu sein. Hertha sagte, Günther sei ein bisschen schwul. Dabei gibt es das ja nicht *„ein bisschen schwul"*.

Man kann Homosexualität weder anerziehen noch austreiben. Ich akzeptiere Schwule oder Lesben, sie sind nicht anders als Heterosexuelle. Es gibt unter Ihnen sicher wie bei Heteros angenehme und unangenehme Zeitgenossen. Sie haben sogar den Ruf, besonders freundlich zu sein.

Mein Kollege, Spitzname Kalle Rosa, ist schwul. Das Kollegium weiß es, die Schüler wissen es und er ist ein toller Mann. Er kommt sehr gut mit den Schülern zurecht und lebt schon seit Jahren mit seinem Lebenspartner zusammen. Aber das ist ja nur die eine Seite. Auf der anderen Seite gefiel mir der Gedanke nicht, dass unser Sohn einen anderen Jungen innig küsst, ihn streichelt und - ich will nicht weiterdenken. Das wäre nicht so toll. Wenn ich mir vorstelle, meinen Kumpel Marco zu befummeln! Quatschen, füreinander da sein, sich gegenseitig helfen und auch mal einen zusammen trinken ist ja etwas ganz anderes, als zärtlich miteinander zu sein. Günther ist schwul, eine unangenehme Vorstellung.

Ich ging in Günthers Zimmer und sah mir die Gestaltung an. Tatsächlich hingen dort nur Männerposter an den Wänden, manche auch mit freiem Oberkörper. Ist das ein Indiz? Wie kann ich feststellen, ob er schwul ist? Sollte ich ihn einfach fragen?

Nein, das ist schwierig, er ist fast 14 Jahre alt und momentan in einer schwierigen Entwicklungsphase. Er redet zwar nicht sehr viel mit uns, aber er redet noch mit uns, das ist nicht selbstverständlich. Und über seine schulischen Leistungen können wir absolut nicht klagen. Außerdem ist Fußballspielen kein schlechtes Hobby. Zwar räumt er sein Zimmer nicht auf, aber ist man deshalb schwul?

Ich setzte mich an meinen Computer, um das Internet zu befragen. Das weiß alles, oder fast alles!

Dort gibt es verschiedene Schwulentests.

Man muss Fragen beantworten:

1.) Wenn Du ein Tier wärst, welches Tier wärst Du?
2.) Wie viele Paar Schuhe hast Du?
3.) Welches ist Deine Lieblingsfarbe?
4.) Schaust Du Dir gerne Pornos an?

Das kam mir nicht so seriös vor.

1,3% der Männer sollen schwul sein, steht dort. Aber was nützt mir diese Auskunft, um mein Problem zu lösen? Ist Günther schwul oder nicht? Woher kommt eigentlich das Schwulsein?

Im Internet steht: Biologische Anlagen, aber auch das soziale Umfeld haben darauf Einfluss. Ich durchforstete gedanklich meinen Stammbaum nach schwulen Ahnen. Niemand war schwul, jedenfalls ist mir niemand aus meiner Familie bekannt.

Meine Eltern kann ich nicht befragen.

Die sind leider schon tot. Und meine Tanten oder Onkel möchte ich nicht danach befragen.

Wie soll ich das auch anstellen? Soll ich sagen: *„Es könnte sein, dass unser Günther schwul ist. Ist vielleicht einer von euch schwul oder ist euch das von Opa bekannt?"* Darüber würden meine Verwandten nie reden!

Bei Evas Verwandten ist mir ebenfalls nichts bekannt. Obwohl sich mein Schwiegervater Horst nur verbessern könnte, wenn er schwul wäre.

Also hat unser Sohn vermutlich keine biologischen Anlagen. Wie sieht es mit dem sozialen Umfeld aus? Da fiel mir ein: Günther hat schon länger einen Freund, er heißt Hannes.

Er ist schon 18 Jahre alt. Sie kennen sich vom Fußball und schauen auch ab und zu zusammen ein Spiel. Das kam mir verdächtig vor! Wieso hat ein 18-Jähriger einen 13-jährigen Freund? Zwar ist der 18-jährige Hannes in seiner Entwicklung zurückgeblieben, sieht viel jünger aus und ist nicht so pfiffig wie Günther, aber trotzdem: Der Altersunterschied ist gravierend.

Jetzt musste ich aber erst einmal zur Arbeit. In der Schule durchforstete ich die Gesichter meiner Schüler. Da gibt es harte Kerle und Milchreisbubis. Manche haben sehr weibliche Gesichtszüge oder auch eine weibliche Figur.

Sind die besonders freundlichen Menschen etwa schwul, oder die, die nicht nein sagen können?

Ich kann schlecht nein sagen, aber ich bin ein typischer Hetero, bin auch sehr freundlich zu anderen Menschen. Das kann also nicht das Kriterium sein.

Da kam mir die zündende Idee.

Am Nachmittag, als Günther aus der Schule kam, konfrontierte ich ihn mit folgendem:

„Du hast doch den Hannes als Freund?"

„Ja", murmelte Günther, *„und?"*

„Meine Schüler haben erzählt, dass Hannes schwul ist." Günthers Miene hellte sich auf.

Er war offensichtlich sehr erstaunt über diese Neuigkeit.

„Was? Wirklich? Das gibt's doch nicht! Das muss ich gleich dem Michael erzählen!", sagte er zu mir.

Mir fiel ein Stein vom Herzen. *„Nein, erzähle das lieber mal nicht weiter, es ist sicherlich nur ein Gerücht, wer weiß, ob das stimmt! Und, außerdem redet man nicht hinter dem Rücken über seine Freunde. Es könnte sein, dass er dann gemobbt wird, und das ist fies, oder?"*

Günther antwortete: *„Ja, du hast recht, ich glaube auch nicht, dass Hannes schwul ist."*

Damit war das Thema Schwulsein abgehakt.

Günther hätte im Falle der eigenen Schwulheit

anders reagiert. Ich beschloss am Abend mit Eva darauf eine Flasche Sekt zu trinken. Wir wollen doch gerne später mal eine Schwiegertochter und Enkelkinder haben, und keinen Schwiegersohn, der mit unserem Sohn im Lichte des Weihnachtsbaumes knutscht!

Evas beruflicher Erfolg

Am Donnerstagnachmittag rief mich Eva an und sagte mir, dass es heute später wird. Grund sei ein Geschäftsessen mit einem Kunden. Sie sei von ihm zum zehnjährigen Betriebsjubiläum der Firma eingeladen. Dafür habe ich natürlich Verständnis. Sie muss sich gut mit ihren Kunden stehen, auch wenn sie ihre Freizeit opfern muss und es spät wird.

Und es wurde auch spät, als es Mitternacht war, ging ich alleine ins Bett. Ich konnte nicht schlafen, wälzte mich hin und her.

Sogar das Ticken der Standuhr im Flur ging mir jetzt auf den Nerv. Tick, tack, tick, tack, normalerweise ist das beruhigend für mich, gibt mir ein Gefühl von Zuhause, aber wenn man sich auf das Ticken konzentriert, wird es immer lauter. Soll ich die Uhr anhalten? Nein, da muss ich jetzt durch.

Es ist eine schöne Uhr, Eva und ich hatten sie einer Omi auf dem Flohmarkt abgekauft. Für 50 €, ein echtes Schnäppchen! Eva ist eine sehr gute Verkäuferin oder Käuferin. Sie kann handeln wie der Teufel und mit ihrem süßen Lächeln hat sie bisher fast jedes Geschäft mit Erfolg abgewickelt. Meine Gedanken hielten mich wach. Wenn man mit Gewalt einschlafen möchte, dann klappt es garantiert nicht. Ich nahm mein Buch aus dem Nachtschrank und las ein paar Seiten. Leider wusste ich nicht mehr am Ende der Seite, was ich am Anfang gelesen hatte.

Zu dieser späten Zeit kann ich mich nicht mehr konzentrieren. Also versuchte ich eine andere Einschlafmasche. Ich machte das Licht aus und versuchte die Augen aufzuhalten, indem ich eine totgeschlagene Mücke an der Tapete mit den Augen fixierte. Zwar fielen mir die Augen zu, aber einschlafen konnte ich trotzdem nicht. Jetzt ärgerte ich mich über die tote Mücke an der Tapete. Gut, dass sie abwaschbar ist. Ich stand auf und ging in das Bad, um einen Wischlappen zu holen. Dann entfernte ich die blöde Mücke. Statt der Mücke war da nun ein kleines Loch. Ich hatte es im Übereifer in die Tapete gerubbelt. Wenn das Eva sieht! Ich ärgerte mich über mich selbst. Das muss ich wieder wegbekommen, ehe Eva kommt. Ich holte aus der Garage eine Dose weiße Farbe und einen kleinen Pinsel. Durch die Farbreste war die Dose sehr fest zu, kaum zu öffnen. Ich nahm die Dose mit in die Küche und setzte eine Schere zum Öffnen der Büchse ein. Hebel angesetzt, und flutsch. Die offene Büchse fiel auf den Boden. „Prima, das hast Du prima gemacht. Du bist ein Vollidiot!", sagte ich zu mir selbst. Mein Schlafanzug und meine Hausschuhe waren voller weißer Farbe. Über den Zustand des Fußbodens möchte ich nicht reden. Also ging ich wieder zur Garage. Dieses Mal, um Verdünnung zu holen. Auf dem Rückweg zog ich mich gleich vor der Mülltonne aus.

Den gestreiften Pyjama fand Eva sowieso sehr anti-erotisch, und die Hausschuhe waren das Weihnachtsgeschenk von Hertha. Kariert und extrem hässlich! Nackt und ohne Hausschuhe stand ich nun bibbernd vor der verschlossenen Haustüre. Na prima, ein kleiner Windstoß hatte sie inzwischen geschlossen. Ich schimpfte mit mir selbst: *„Du bist ein Vollidiot, du bist so* *blöd!"* Mir fehlten die Worte für meine eigene Blödheit. Wenn mich jemand so sieht! Ich ging wieder zu der Mülltonne und kramte den Schlafanzug heraus. Der war inzwischen nicht nur voller Farbe, sondern an der Farbe haftete zusätzlich Dreck. Gestreift war er nun nicht mehr. Ein Künstler hätte seine Freude daran! Mit den Hausschuhen war es leider auch nicht besser. Was nützt es? Vorsichtig zog ich jetzt wieder meinen Schlafanzug an und schlüpfte in die Pantoffeln.

Und nun? Wie gehts jetzt weiter? Ich bibberte und es war mir kalt. In meiner Verzweiflung lief ich eine Runde um das Haus.

Vielleicht ist ein Fenster gekippt. Der Hund des Nachbarn fing an zu kläffen.

„Halts Maul!", rief ich ihm leise zu. *„Ich bin es doch, der liebe Otto!"* Das Tier war sehr pfiffig, er wackelte nun freudig mit seinem Schwanz, ein Zeichen dafür, dass er mich erkannt hatte. Ich flüsterte: *„Braver Hund!"*

Das hatte er vermutlich missverstanden, denn jetzt machte er Ernst und bellte ordentlich laut. Ich stand nun verzweifelt vor unserem Haus, der Bewegungsmelder hatte das Licht auf Festbeleuchtung geschaltet und das Vieh bellte wie blöd. In meiner Not hatte ich keine Wahl.

Ich flüsterte Entschuldigung, griff nach dem Bewegungsmelder und mit einem beherzten Ruck hatte ich ihn in der Hand. Endlich war das Licht aus.

Der Nachbar öffnete nun sein Schlafzimmerfernster und befahl seinem Hund: *„Hasso, aus jetzt, aus!"* Das Tier hatte verstanden und hielt endlich Ruhe. Mir fiel ein Stein vom Herzen! Was würde der Nachbar von mir denken, wenn er mich in diesem Zustand sehen würde?

Wenn ich jetzt klingele, was sollte ich Günther, Sara oder Schwiemu sagen? Ich sah aus wie ein Schwein und es war verdammt spät.

Ich überlegte und hatte eine glänzende Idee. Die Garage war von der Seitentür aus zugänglich. Die Tür war nie verschlossen, denn auf dem Dorf passiert normalerweise nichts. Ich holte Werkzeug aus der Garage und öffnete die Abdeckung des Schachtes vor dem Kellerfenster. Das Fenster des Vorratsraumes ist immer offen. Nach einer guten Stunde war ich endlich im Haus. Ich sah saumäßig aus und stank fürchterlich nach Schweiß und Farbe.

Aber ich fror ich nicht mehr, mir war durch die Anstrengung sehr warm geworden. Dieses Mal war ich schlauer. Ich beseitigte die Farbe von dem Fliesenfußboden in der Küche so gut es ging und anschließend duschte ich mich und brachte den verdreckten Schlafanzug und die Pantoffeln in Zeitung eingewickelt zur Mülltonne. Natürlich dieses Mal nicht ohne den Haustürschlüssel in die Tasche zu stecken! Ich ging wieder in das Bett, Augen zu und dann bin ich wahrscheinlich eingeduselt.

Die Uhr schlug zweimal. Also war es 2 Uhr. Ich hörte Evas BMW auf dem Hof einparken. Wo war sie nur so lange? Endlich! Nun ist sie endlich da, jetzt übermannte mich der Schlaf.

Am nächsten Morgen klingelte der Wecker schrill und bösartig um 08.00 Uhr.

Das ist keine Klingel, das ist nerviges Piep Piep, mit einer sehr unangenehmen Frequenz, ähnlich Herthas Stimme. Aber sie weckt auf, ich habe noch nie verschlafen. Ich hatte heute später Unterricht, musste erst um 11 Uhr weg. So bereitete ich das Frühstück für Eva und mich.

Unsere zwei pubertierenden Terrorzwerge waren schon längst verschwunden. Gut, dass wir sie zur Selbständigkeit erzogen haben.

Aber das war ein langer, steiniger Weg! Wir mussten sie lange genug morgens anziehen und waschen. Jedoch war das war auch eine schöne Zeit. Da haben sie noch nicht widersprochen. Nach dem Sandmännchen gings ins Bett. Ich hatte eine Aufzeichnung mit etlichen Sandmännchensendungen und da die beiden noch nicht die Uhr kannten, lies ich manchmal auch vorzeitig eine Sandmännchensendung auf dem Fernseher laufen und danach war traditionell das Ins–Bett-gehen für die beiden angesagt. Sobald das Sandmännchen seinen Schlafsand ausgestreut hat, war allgemeines Gähnen angesagt. Ich hatte mal im Fernsehen gesehen, dass bei einer Affenherde das allgemeine Gähnen einsetzt, wenn das erste Tier gähnt. Und das habe ich dann auch in unserer Familie umgesetzt. Wenn ich gähne, machen es mir die anderen Familienmitglieder nach und dann setzt das Müdigkeitsgefühl ein.

Diese Zeit war nicht schlecht, aber wenn die Kinder nun eigenständig zur Schule gehen, ist das auch nicht übel. So haben alle Phasen der Kindesentwicklung ihre guten Seiten.

Wie friedlich es heute Morgen ist!

Die Kaffeemaschine fauchte, der Backofen summte sanft ein Lied. Das bedeutet, Brötchen sind fertig aufgebacken. Maschinen können auch reden, angenehme Töne von sich geben. Es bedeutet, alles bereit. Nur Hertha kann jetzt noch das friedliche Leben in einen Krieg umwandeln.

Ich weckte Eva mit einem Kuss auf den Mund. Kaffee ist fertig. Sie lächelte mich an und kurz danach schnitten wir die dampfenden Brötchen auf. So wird aus einem Freitag ein halber Sonntag.

„Du bist aber gestern Abend sehr spät nach Hause gekommen!", sagte ich zu ihr, sie lächelte mich an und antwortete: *„Tut mir leid, das ist ein wichtiger Kunde, er hat mich noch zum Essen eingeladen und dann haben wir noch Details klären müssen. Wir sind ins Büro und haben noch einen Vertrag aufgesetzt. Sag mal, wie stinkt es denn hier, das riecht wie Verdünnung oder Farbe!"*

„Mir ist gestern ein bisschen Farbe auf den Fußboden gefallen, die habe ich dann mit Verdünnung weggewischt." Eva fragte nicht weiter.

Ich war stolz auf Eva. Ihr Chef lässt ihr freie Hand. Sie organisiert den Tagesablauf weitgehend selbst, nur zu Besprechungsterminen muss sie in der Firma sein. Wenn der Umsatz stimmt, dann gibt es Freiheiten. Sie hat sogar einen Generalschlüssel von ihrer Firma.

Dadurch kann sie jederzeit in das Büro, Tag oder Nacht. Sie muss nur die Alarmanlage ausschalten und später wieder einschalten.

Das kann sie ja prima, meine Eva ist ein Techniktalent.

Mich lädt niemand zum Essen ein. Ich bekomme nicht mal einen Kugelschreiber als Werbegeschenk oder Kalender bzw. Terminer.

Gut, dass ich Eva habe, ein Geschenk des Himmels. Ihr schwarzer Dienst-BMW glänzt auch nicht schlecht in der Sonne.

Dagegen sieht mein alter Renault farblos und ärmlich aus. Aber, was solls? Er fährt auch und mir reicht das. Ich bin ein zufriedener Mensch, bin als Lehrer verbeamtet und das Geld stimmt, auch wenn Eva etwas mehr verdient. Aber ich bin nicht neidisch, ist doch gut für die Familie.

Eva erzählte mir noch von ihrer Arbeit und voller Stolz verkündete sie mir: *„Wir sind am übernächsten Wochenende bei Dr. Krause und seiner Frau zum Essen eingeladen, am Samstagabend."*

Dr. Krause ist der Vertriebschef, also der Chef von Eva. Sie hatte mir oft von ihm erzählt. Er ist ein toller Chef, labert nicht dumm rum, kommt schnell auf den Punkt und macht klare Ansagen.

Außerdem ist er immer perfekt gekleidet, pünktlich und gutaussehend für sein Alter.

Nach dem Zeitungslesen und Aufräumen mussten wir uns beeilen. Bald wäre ich zu spät zur Schule gekommen. Wie soll man das dem Schüler klarmachen? Der Lehrer kommt zu spät zur sechsten Stunde. Es liegt kein Glatteis auf der Straße, er hat einfach nur getrödelt.
Aber ich war pünktlich! Die Schüler auch! Nach dem Klingeln stellte ich die Anwesenheit fest. Alle waren anwesend. Jedoch musste ich einschreiten und sagte: *„Was soll die Unruhe?"*
Meine Schüler waren heute wieder mal besonders geschwätzig. Was soll ich tun? Eine unangekündigte Arbeit schreiben? Ich habe doch gar keine Aufgaben vorbereitet, zudem passt das im Moment überhaupt nicht in das Unterrichtsgeschehen!
Ja, ich bin nicht immer konsequent, manchmal auch konfus. Ich möchte, dass alle die Klasse erfolgreich abschließen. Das wissen meine Schüler. Manche nutzen meine Gutmütigkeit aus. Das weiß ich. Aber, ich bin, wie ich bin.
Im Prinzip sind die Schüler dieser Klasse ja auch recht friedlich. Da habe ich schon andere Zeiten durch. Ich habe früher mal vorübergehend in einer Hauptschule unterrichtet. Das war viel schwieriger als auf dem Gymnasium. Manche Schüler wussten leider gar nicht,

weshalb sie in der Schule waren und haben es als Sport betrachtet, die Lehrer zu ärgern. Die lernwilligen Schüler wurden sogar von den Unwilligen gehänselt, sie galten als uncool.

Ein Schüler war besonders schlimm. Der hat während des Unterrichts laut aus der Bildzeitung vorgelesen, was er natürlich nicht sollte. Dann ist er einfach während des Unterrichts aufgestanden und hat die Tafel abgewischt. Er hat ständig provoziert. Die anderen Schüler fanden das ganz witzig. Als Lehrer ist einem dann regelmäßig die Klasse entglitten.

Seine Mutter war überfordert und hat nur geweint, wenn man sie mit den Problemen konfrontiert hat. Sie hatte genug Probleme mit ihrem Mann. Der hat sich als Vater nicht um den Jungen gekümmert. In der Familie waren sehr schwierige Verhältnisse! Wenn man mit dem Jungen eine Aussprache unter vier Augen geführt hat, dann hat er Einsicht gezeigt und versprochen, dass er sich ändern würde.

Allerdings hat er das nie dauerhaft durchgehalten. Nachdem Aussprachen und Verweise nicht zu einer dauerhaften Änderung seines Verhaltens geführt hatten, stellte der Klassenlehrer einen Antrag auf einen Schulverweis, damit wenigstens die anderen Schüler normal lernen können.

In der Schule sahen das alle Lehrerkollegen als einziges mögliches Mittel an und in der Schulkonferenz wurde dem auch einstimmig zugestimmt. Allerdings hat das Schulamt dem Schulverweis nicht zugestimmt. Der Junge störte weiter wie bisher. Er hat den Klassenlehrer moralisch so zermürbt, dass dieser sich Dauerkrank schreiben ließ. Er bekam Selbstzweifel, eine Art Burnout-Syndrom.

Wenn Schüler extrem bösartig sind, dann können sie so manchem Lehrer das Leben vermiesen und man hat keine Chance, dem zu entkommen. Der Schüler hat alle Rechte, der Lehrer ist dann nur ein Kasper. Nicht umsonst gibt es massiven Lehrermangel. Zu manchen schwierigen Schülern gibt es ja auch oft die passenden schwierigen Eltern, die sich eher ihrem Handy- oder Computerspiel widmen, als sich um die Erziehung ihrer Kinder zu kümmern. Die Tendenz, dass viele dumme Menschen ihre Blödheit nicht erkennen, aber die schlaueren Menschen um ihre Unzulänglichkeiten wissen und zurückhaltender sind, ist nicht zu übersehen.

Bisher bin ich aber meistens gut mit meinen Schülern und deren Eltern ausgekommen. Wir leben ja auch in der Provinz! Die meisten Schüler sind hier friedlich und wollen keinen Ärger. Und das ist gut so!
Am Jahresende bekomme ich sicherlich wieder einen Blumenstrauß von der Abgangsklasse, das ist ja auch eine Art Anerkennung.

Ich war froh, als das Klingeln das Ende der letzten Stunde verkündete.
Hurra! Hurra! Wochenende! Schnell nach Hause, vielleicht kommt Eva auch früher. Schüler und Lehrer rannten um die Wette aus dem Schulgebäude. Statt Eva erwartete mich Schwiemonster in der Haustüre. Ich hatte meine Badelatschen auf dem Boden im Flur stehen lassen und nicht wie vorgeschrieben ins Regal geräumt.
Kalter Krieg, sie ging wie selbstverständlich mit mir in unsere Küche, Evas und meine Küche, und quatschte mir beständig ein Ohr ab.
„Eure Waschmaschine tropft und das Gras müsste auch wieder mal geschnitten werden.
Eure Kinder sind schon wieder unterwegs und sie haben ihre Zimmer nicht aufgeräumt. Wann wollt ihr sie endlich erziehen?

Außerdem, hast Du Dir denn schon mal den Bewegungsmelder draußen angeguckt? Den muss jemand abgerissen haben. Das war bestimmt der Freund von Sara. Die wollen nicht gesehen werden, wenn sie vor der Haustüre knutschen!"

Sie lief im Haus hinter mir her und erzählte dabei. Dass ich nicht antwortete, schien sie nicht im Geringsten zu stören.

So kam ich vom Kriegsschauplatz *„Schule"* in den Kriegsschauplatz *„trautes Zuhause"*.

Erst als ich die Fertiglasagne aus der Mikrowelle vor mir platzierte und *„Guten Appetit"* zu mir selbst sagte, hatte ich gewonnen.

Sie warf mir einen äußerst abfälligen Blick zu und verließ das Revier. Sie kommt gar nicht auf die Idee, mir etwas von ihrem selbst gekochten Mittagessen abzugeben. Wenn das der Pfarrer wüsste, unchristliches Verhalten!

Andererseits war ich aber froh darüber, mein Schwiegervater hatte seine Magenprobleme sicherlich durch das ständige Vertilgen dieses Hundefraßes. Er heuchelte ihr vor, dass es ihm schmeckt, denn er hatte ja keine Wahl, andernfalls würde sie ihr Gesicht verziehen und ihn der Undankbarkeit bezichtigen.

Jedenfalls macht Lasagne nicht impotent und falls Pferdefleisch in der Lasagne ist, ist das nicht schlimm, ist ja gesünder als Schwein.

Ich freute mich schon auf Eva, da klingelte das Telefon. Eva hauchte mir mit ihrer zärtlichen Stimme ins Ohr, dass es wieder später wird. Ihr großer Auftrag fordert im Moment auch größeren Einsatz. Ich habe dafür vollstes Verständnis.

Ihr gehauchtes *„Ich liebe Dich"* brachte mich wieder mal zum Dahinschmelzen. Sie würde auch prima Telefonsex machen können, aber so ist es natürlich viel besser, sie ist erfolgreich und verdient gut. Ich bin stolz auf sie!

In Günthers Jugendzimmer hatte eine Bombe erfolgreich alles zerstört, jedenfalls sah es so aus.

An den fehlenden Fußballschuhen erkannte ich, wo er war. Von mir kann er die Liebe zum Fußball nicht haben, ich interessiere mich nicht dafür. Bei Sara sah es auch nicht besser im Zimmer aus, sie war sicher wieder bei ihrer Freundin. Im Zimmer roch es nach Zigarettenrauch. Tausend Gespräche hatten wir geführt, aber sie ist stur. Hält es nicht mal für nötig, aus dem Fenster zu rauchen oder das Zimmer zu lüften. *„You can't always get what you want"* von den Stones kam mir in den Sinn. Du kannst nicht alles bekommen, was du willst, aber wissen das unsere Kinder? Sie kriegen ja zum Schluss doch alles!

Ich entschloss mich dazu den Rasen zu mähen, das hätte ich auch ohne Zutun von Hertha gemacht.

Was nützt eine Protesthaltung? Ich bin ja schon erwachsen! Danach habe ich Unkraut gejätet, eine prima Beschäftigung für Strafgefangene im Lager! Es gibt immer etwas im Garten zu tun.

Die Zeit verging, inzwischen war es 23 Uhr. Der Fernseher langweilte mich mit seinen Sendungen für Vollidioten. So spät ist Eva noch nie am Freitag nach Hause gekommen. Es wird doch nichts passiert sein? Da klingelte endlich das Telefon.

Eva meldete sich nun am anderen Ende der Leitung: *„Ich komme jetzt, tut mir leid, dass es so spät geworden ist."*

„Ok, hast du Hunger, soll ich was machen, soll ich eine Flasche Rotwein aufmachen?"

Sie sagte nur: *Nein, ich bin nur müde, werde gleich ins Bett fallen."*

Eine halbe Stunde später war sie auch schon da. Sie hatte keine Lust zu reden, war etwas wortkarg. Vielleicht hatte sie ja auch nur einen stressigen Tag?

Mein Freund Marco

Über das Wochenende war bei uns Kriegszustand. Wir diskutierten mit unseren Kindern zum gefühlt zehntausendsten Mal über die Notwendigkeit des Aufräumens. Sie stellen in der Küche ihr benutztes Geschirr ab oder lassen es einfach auf dem Tisch stehen, obwohl die Spülmaschine das Aufwaschen übernimmt. Hertha mischte sich auch noch in das Geschehen ein, ich solle doch mit gutem Vorbild vorangehen und mein Auto auch mal waschen. Ich hatte die Nase voll.

Es gibt nur eine Lösung! Männerfreundschaften geben einem Halt. Man weiß, dass man nicht alleine auf der Welt ist und erkennt, dass auch andere Menschen Sorgen, Probleme und Frust haben. Ich holte mein Fahrrad aus der Garage und fuhr zu meinem Freund Marco. Marco ist geschieden und freut sich immer, wenn ich ihn mal besuche. Seine Freude ist wirklich ehrlich. Egal, was er gerade macht, er hört sofort damit auf, wenn ich ihn besuche.

Wir gehen dann in seine Gartenhütte, pfeifen uns etliche Bierchen ein und verbessern die Welt mit unseren Gesprächen. Es geht da um

Politik, um Neuigkeiten im Dorf, manchmal um Beziehungen und Liebe. Es ist sicherlich selten, dass Männer sich über Beziehungen unterhalten. Männer bekommen schon als Kind eingeimpft, dass sie stark sein müssen und niemals Schwächen zeigen.

Wenn ein Junge hinfällt und er weint, sagen die Eltern: *„Du bist doch keine Memme. Du musst stark sein. Männer heulen doch nicht!"*

Was ist die Konsequenz? Man zeigt nach außen keine Schwäche. Wer schwächelt verliert, und wer möchte schon gerne verlieren? Stärke kommt immer gut an. So bei Frauen, beruflich, genauso wie im Umgang mit den Mitmenschen. Der Starke wird bewundert, verehrt und ist begehrenswert.

Wer will schon einen Schwächling? Wir reden dann im Regelfall nicht direkt über unsere Frauenbeziehungen, alles wird sehr allgemein gehalten. Ich sagte ihm auch kein einziges Wort über den Momentanzustand meiner Ehe und Beziehung mit Eva. Eva und ich verkörperten für ihn die heile Welt. In seinen Augen hatten wir es geschafft. Eva ist eine Heilige, für ihn unerreichbar. Und für mich ist sie eine Göttin und Sklavin in einer Person.

Marco ist ein sehr guter Kerl, er ist genauso inkonsequent wie ich, könnte mein Bruder sein. Nachdem er von seiner ehemaligen Frau total ausgenutzt wurde, ist er fertig mit den Frauen. Er hat möglichst 24 Stunden am Tag gearbeitet, damit sich seine Frau die schönsten und begehrenswertesten Dinge leisten konnte. Sie hat sich mit Gold behangen wie ein Weihnachtsbaum mit Lametta und konnte nicht genug davon kriegen. Eigentlich war sie aber grundsätzlich unzufrieden und keine Neuanschaffung machte sie dauerhaft glücklicher. So wie es sehr vielen Menschen geht, ging es ihr auch. Hatte sie etwas Neues, dann war sie ein paar Tage zufrieden, da aber das Neue immer irgendwann alltäglich wird, ist auch die Freude darüber nicht von Dauer, wenn man nicht die richtige Lebenseinstellung hat. Und so konnte sich Marco abrackern, wie er wollte, er konnte seine Frau niemals wirklich dauerhaft glücklich machen. Sie hatte einfach eine unersättliche Gier auf das nächste Highlight. Sie hat narzisstische Züge und möchte immer bewundert werden und im Mittelpunkt stehen. Jedes Mittel ist ihr dazu recht.
Dazu kam noch der Kulturstress. Marco war am Wochenende fertig, abgearbeitet, und er

wollte nur seine Ruhe, aber sie wollte etwas erleben. Besuche von Musicals, Discos, Partys nutzte sie, um sich und ihren Reichtum zur Schau zu stellen. Er musste natürlich mit, und da er im abgearbeiteten Zustand nicht den Gewinner repräsentieren konnte, nicht den starken Mann, den sich seine Frau erträumte, hat sie sich an einen anderen Kerl gehängt. Zugegeben, Marco ist wie alle Menschen auch kein Engel. Er hat auch Fehler gemacht. Seine Exfrau wollte keine Kinder. Die hätten nur in ihrem egozentrischen Leben gestört und dann unnötig Arbeit gemacht. Sie nahm die Pille, um das Kinderkriegen zu verhindern. Marco war jedoch ziemlich unglücklich. Er ist sehr kinderlieb und hat sich sehnlichst Kinder ge-wünscht. Um dennoch Kinder bekommen zu können, hat er ihre Pillenschachtel geleert und dafür Placebos eingefüllt. Er hat irgendwelche Pillen aus der Drogerie, die der Verhütungs-pille sehr ähnlichsehen, in die Pillenschachtel gefüllt. Natürlich war das auch unfein von ihm.
Seine Rechnung ging auf. Seine ehemalige Frau wurde schwanger. Marco hat sich wie irre gefreut. Diese Freude war aber leider nur von kurzer Dauer, denn das Kind war nicht

von ihm. Ihr neuer Freund hat ganze Arbeit geleistet. Er ist zwar ein Taugenichts, schont sich als Mitarbeiter bei der Stadt bei der Arbeit und sorgt durch häufiges Krankmachen, ohne krank zu sein, dafür, dass er noch gut aussieht und wahrscheinlich durch seine Faulheit auch besser im Bett ist, als Marco es sein konnte. Stress ist ein Sexkiller und er hatte wirklich Stress. Vielleicht war es gut so, denn seine Ehemalige war eine richtige Hexe. Sie hätte die Tochter meiner Schwiemu sein können, charakterlich gesehen.

Also eigentlich müsste Marco jetzt froh sein, da er jetzt alleine ist. Er machte aber nicht den Eindruck, trauerte der blöden Ziege hinterher. Nachdem ich Marco von meiner Aktion mit dem Fleck auf der Tapete und den Folgeerscheinungen mit der Farbe erzählt hatte, kam er nicht mehr aus dem Lachen heraus. Ich musste mitlachen, was solls, man muss auch über seine eigene Blödheit lachen können! Nach unseren Lachtiraden stand nun etwas anderes auf dem Programm. Unsere heutige Diskussionsrunde drehte sich um das Fernsehprogramm. *„Warum haben Negativmeldungen oder negative Berichte Hochkonjunktur? Wes-*

halb wollen Zuschauer am liebsten Negatives sehen oder hören?"

Marcos Frage fand ich sehr interessant. Zum Beispiel: *„Akte……deckt auf! Es wird aufgedeckt und angeklagt, was das Zeug hält. Andererseits laufen ja ständig Serien nach gleicher Schablone. Liebe, Fremdgehen und Intrigen sind die beliebten Inhalte. Oder Mord!"*

Wir hatten das schon oft in allen Richtungen diskutiert.

Letztendlich entscheiden die Einschaltquoten darüber, was gesendet wird oder was nicht. Also bestimmen hauptsächlich die Vielfernsehgucker das Fernsehprogramm. Und die Vielfernsehgucker sind wahrscheinlich oft nicht sehr anspruchsvoll, jedenfalls dann, wenn es nicht nur eine Lebensphase ist.

Auf diese gemeinsame Basis konnten wir uns einigen. Gruppenbildung zu zweit! Das war wieder ein Grund, sich zuzuprosten!

Marco sagte: *„Apropos Fernsehserien, Krimis und Mord. Weißt Du, dass ich ein Geheimnis habe?"*

„Was für ein Geheimnis?", fragte ich.

Das Reden fiel mir inzwischen nicht mehr so leicht. Der Alkohol hatte seine Wirkung getan und vermutlich tausende Gehirnzellen getötet.

Marco sagte: *„Warte hier, ich komme gleich wieder!"*

Kurz darauf stand er mit einem Gewehr vor mir und grinste breit über beide Backen. Ich fragte erstaunt: *„Was hast du da für ein Gewehr?"*

„Habe ich von meinem Opa, ist ein deutsches Sturmgewehr."

„Wie kommst du oder wie kam dein Opa zu einem Sturmgewehr?"

Ich war jetzt hellwach und hatte nun meine Sprechfähigkeit zurückerlangt. Marco sagte: *„Das ist eine lange Geschichte."*

Er erzählte: *„Die US-Armee ist doch im Frühjahr 1945 hier in Thüringen einmarschiert. Mein Opa war zwar bei der Hitlerjugend, aber er war kein Nazi. Im Jahr 1945 war er noch ein Kind, zwar schon ein angehender Jugendlicher, aber er musste nicht in den Krieg ziehen. Ein paar Monate später, nach Einzug der Amis, wurde Deutschland durch die Besatzungsmächte neu aufgeteilt. Dabei entschied man, dass nun Thüringen zur sowjetischen Besatzungszone gehören sollte. Das war ein dummer Zufall der Geschichte, den wir Ossis ausbaden mussten.*

Wegen des Gewehres hat wahrscheinlich einer aus dem Dorf kalte Füße bekommen, denn mein Opa fand die Waffe in dieser Zeit in unserer Straße an einen Gartenzaun angelehnt. Daneben lag eine Menge Munition.

Der eigentliche Besitzer hatte vermutlich Angst davor, dass die Russen ihn mit der Waffe entdecken, und hat sie kurzerhand auf der Straße entsorgt. Damals haben die Russen kurzen Prozess mit ihren Gegnern gemacht. Mein Opa hat die Waffe gefunden und sie mit der Munition auf dem Dachboden versteckt. Es sind viele Jahre vergangen und dann wurde mein Vater geboren. Ihm hat er nie etwas von der Waffe gesagt. Er hatte wohl Angst, dass er Blödsinn damit anstellt."

„Das ist ja ein Ding!", antwortete ich.

„Hattest Du keine Angst vor den Kommunisten? Wenn die das Gewehr entdeckt hätten, man hätte euch hochkantig aus dem Sperrgebiet ausgewiesen und wahrscheinlich auch eingeknastet! Die haben in der DDR keinen Spaß verstanden!"

Ich schüttelte nur mit dem Kopf. *„Hat er die Waffe nie benutzt?"* Marco erzählte weiter: *„Nein, in der DDR wurde man doch viel zu sehr überwacht und hier im Sperrgebiet war es besonders gefährlich. So lag die Waffe einige Jahrzehnte eingemottet auf dem Dachboden."*

„Und wie bist du zu der Waffe gekommen?"

Marco fuhr nun fort: *„Mein Opa hat sie mir mal gezeigt. Mein Vater wusste inzwischen auch von der Existenz der Waffe, aber er hatte Angst davor, sie abzugeben. In der DDR war man doch schnell als Staatsfeind abgestempelt und er hätte sich* rechtfertigen müssen, warum er sie nicht sofort abgegeben hat. Außerdem hatte ja die Staatssicherheit Einfluss auf die berufliche Tätigkeit."

Wir tranken noch einen Schluck aus unseren Flaschen und ich fragte Marco: „Ist nicht dein Opa in den Westen gegangen?"

„Ja, er hat mal in der Kneipe einen politischen, staatsfeindlichen Witz erzählt. Er war nie ein Freund der Kommunisten. Aber einer muss ihn verpfiffen haben. Schon früh am nächsten Morgen waren sie da und haben ihn mitgenommen. Wegen seiner staatsfeindlichen Äußerungen kam er ins Gefängnis. Aber er hatte Glück. Da er schon fast das Rentenalter erreicht hatte, und deshalb sowieso bald nicht mehr gearbeitet hätte, war er für die DDR wertlos. Er hätte nur unnötig Rente bezogen. So hat man ihn nach ein paar Monaten im Gefängnis in den Westen ausgewiesen.

Er ist zu meiner Tante nach Fulda gezogen und ihm ging es dort bestimmt nicht schlecht!"

„Und deine Eltern und du? Weshalb durftet ihr im Sperrgebiet bleiben? Normalerweise gab es dann doch Sippenhaft! Habt ihr nicht eine Menge Ärger bekommen?"

„Ich weiß nicht.", antwortete Marco. „Ich war ja noch ein Kind. Man erzählt, dass mein Vater auch bei der Stasi war. Er hat doch damals beim Rat des

Kreises gearbeitet. Dadurch konnte er weiteren Schaden von der Familie fernhalten."

„Das gibts nicht!", sagte ich. *„Man kann sich das heute gar nicht mehr vorstellen. Hast du deinen Opa jemals wiedergesehen?"*

„Nein, er ist schon 1988 gestorben, hat die Wende nicht mehr erlebt. Ich weiß das nur noch aus ferner Erinnerung. Die Waffe ist das Einzige, was ich von ihm noch habe!"

Wir prosteten uns wieder zu. Ich schaute mir das Gewehr näher an. Es war in Ölpapier eingeschlagen, sah aus wie neu. *„Die ist bestimmt wertvoll!"*, sagte ich zu Marco.

Er nickte nur mit dem Kopf.

Da kam mir eine Idee: *„Unser Geschichtslehrer ist ein Waffennarr. Der kennt sich damit aus. Ich kann sie ihm ja mal zeigen, wenn du möchtest!"*

Marco sagte: *„Klar, nimm sie mit, was soll ich mit dem Ding? Vielleicht ist sie ein paar Kisten Bier wert?"*

Beim nächsten *„Prost"* dachte ich an Eva. Wie gut ich es doch habe! Ich hatte Sehnsucht.

„Es ist Samstag, 21 Uhr, ich muss nach Hause.", sagte ich zu Marco. *„Eva wartet auf mich."*

Marco hatte meine Gedanken erraten und erwiderte: *„Du hast es gut!"*

Nun tranken wir unsere Bierflaschen aus und verabschiedeten uns mit der gegenseitigen

Versicherung, dass wir doch so froh sind, dass wir Freunde sind. Das stimmte sogar: Ich war für Marco der erfolgreiche Ruhepol und er war für mich der hilfreiche Pausensnack, der einen aufbaut.
Aber auf jeden Fall sind wir immer füreinander da, wenn der anderen Hilfe jeder Art braucht.

Zärtliche Gefühle für Eva

Auf dem Weg nach Hause drückte mich das Gewehr unangenehm. Ich hatte es über die Schulter gehängt und die Jacke darüber gezogen. Nur der Gewehrlauf schaute neben meinem Kopf heraus. Die Taschen hatte ich voller Munition. Trotz dieser Last stieg ich auf das Fahrrad und fuhr gen Heimat. Ich stellte mir vor, dass ich jetzt meinem Chef, dem Herrn Stahl begegnen würde, und musste bei dem Gedanken lachen. Scheinbar bin ich schon ein klein wenig verrückt!
Aber kein einziger Mensch begegnete mir an dem Abend. Wenn jetzt die Russen kommen würden, die würden mich sofort mitnehmen!

Wieder musste ich lachen. Wie soll ich den Geschichtslehrer nach dem Wert der Waffe fragen? Soll ich vielleicht ein Bild machen und es ihm zeigen? Oder darf man heute solche Waffen haben? Zählen diese Sturmgewehre vielleicht als Antiquitäten? Ich hatte mich noch nie mit diesem Thema beschäftigt, wollte aber kein Strafverfahren riskieren oder Marco in Bedrängnis bringen. Viele Gedanken schossen mir durch den Kopf.

Zu Hause schloss ich leise die Haustüre auf, wollte nicht, dass mich vielleicht jemand mit dem Gewehr sieht. Aber ich hätte es auch laut machen können, denn zunächst interessierte sich niemand für meine Heimkehr. In der Wohnung sah es wieder aus wie nach einem Bombeneinschlag. Aus den Zimmern unserer Kinder dröhnte Lärm. Jugendliche bezeichnen das als Musik.

Auf dem Tisch lag kein Zettel von Eva.

Da kam Hertha angewalzt. Als ich sie auf der Treppe bemerkte, versteckte ich das Gewehr schnell im Besenschrank. *„Eva musste noch mal dringend weg!"*, sagte sie und grinste mich breit an.

Hatte Hertha vielleicht das Gewehr gesehen?

Nachdem ich Herthas Blick durchforstet hatte, fragte ich: *„Es ist Samstag! Ist sie in der Firma?"* Hertha wusste es auch nicht.

Das ist schon außergewöhnlich! Sonst weiß sie immer Bescheid!

Muss wohl sehr dringend gewesen sein, denn es ist nicht ihre Art, die Wohnung in diesem Zustand zu verlassen. Wo wird sie sein? Entgegen meinen Gewohnheiten rief ich sie auf dem Handy an. Der Teilnehmer ist nicht erreichbar, das war der übliche Spruch.

Wohl oder übel machte ich mich daran, das Chaos in unserer Wohnung zu beseitigen.

Jetzt fiel mir das Gewehr ein. Wo soll ich das Ding deponieren? Unsere Wohnung und der Keller sind wahrscheinlich ungeeignet, aber eventuell die Garage? Alle Familienmitglieder haben Zugang zur Garage! Da kam mir eine Idee. Im Kofferraum meines Autos ist Platz. Das Auto ist in der Regel abgeschlossen, also ein guter Platz für ein Gewehr. Gesagt, getan! Ich öffnete die Garage und legte das Gewehr und die Munition in den Kofferraum meines Autos.

Danach war ich so müde, dass ich vor dem Fernseher eingeschlafen bin. Dann ist das Gerät ja wenigstens für diesen Zweck gut!

Die Morgensonne weckte mich auf, ich hatte die ganze Nacht auf dem Sofa verbracht.
Der Rücken tat mir weh. Ich schlich ins Schlafzimmer zu Eva. Sie muss wohl in der Nacht nach Hause gekommen sein. Da lag sie vor mir, ihr Busen nur halb vom seidenen Nachthemd bedeckt, ihr kleiner Fuß schaute unter der Decke hervor. Zärtliche Gefühle überkamen mich, ich spürte mein Glied wachsen. Ich werde sie nicht wach machen, sie schläft so schön, und außerdem sind wir ja auch ein bisschen böse miteinander!
Ich schlief neben ihr ein und um 09.30 Uhr weckte sie mich ganz freundlich: *„Der Kaffee ist fertig!"* Mir ging es gut, ich wollte sie in mein Bett ziehen, aber sie sagte nur: *„Jetzt nicht!"* Gehorsam ließ ich von ihr. Wir saßen Radio hörend am Küchentisch.
Unsere Kinder schliefen noch, Hertha war zu einer Tratschberatung, das Leben kann so schön sein! Es war ein schöner Morgen, die Sonne blinzelte durch die Fenster. Allerdings war Eva heute wortkarg, so richtig kam unser Gespräch nicht in die Gänge. Eva sagte mir nur, dass sie in nächster Zeit öfter ins Büro muss. Sie hätte einen Großauftrag! Jedoch war sie kälter zu mir als sonst.

Meine Annäherungsversuche wehrte sie ab, sie habe momentan sehr viel Arbeitsstress.

Ich merkte, dass irgendetwas mit ihr nicht stimmte.

Ihr Blick war starr, sie schaute ins Nirgendwo.

Ich fragte sie, ob sie die Sache mit dem Benzfahrer geklärt habe. Ihr Blick hellte sich auf, als sie antwortete: *„Ich habe alles geklärt, du musst nichts zahlen, denn er lässt den Schaden über seine Kaskoversicherung laufen. Es sind nur Peanuts für ihn. Er ist bei der Kripo ein hohes Tier!"*

Auf Eva ist immer Verlass! Sie ist eine gute Managerin. Sie hat schon so manche unlösbare Aufgabe gelöst, auch wenn sich die Fronten verhärtet hatten und keiner nachgeben wollte.

Sie kann in Lethargie erstarrte Beamte genauso um den Finger wickeln wie die eiskalten und knallharten Jungs von der Industrie, die sich kaum von den *„Herrgöttern in Weiß"* unterscheiden. Warum sollte das nicht auch mit den Kriminellen, also den Kriminalbeamten, funktionieren?

Es war zwar Sonntag, aber Eva arbeitete noch in unserem kleinen Büro zu Hause. Wie sagt man so schön: *„Homeoffice!"*

Auch ich nutzte die Zeit, um in der Küche noch ein paar Arbeiten durchzusehen.

Unsere Nachbarn Tina und Denis

Am Abend hatten wir eine Einladung. Wir waren zur Geburtstagsfeier bei unseren Nachbarn eingeladen. Denis hatte Geburtstag und seine Frau Tina hatte uns schon in der vergangenen Woche zur Feier eingeladen. Es sollte eine Überraschung für Denis sein. Denis ist 3 Jahre jünger als ich.

Er wird heute 36 Jahre alt und damit hat sich der Abstand vorübergehend auf 2 Jahre verringert. Er freute sich sehr über unseren Besuch. Die Überraschung hat geklappt.

Denis hat eine Tischlerei, die gut läuft.

Ihnen gehts finanziell richtig gut. Er ist übergenau. Die Fliesen in seinem Bad sind nicht nur genau verlegt, sondern übergenau.

Jedoch musste der Fliesenleger siebenmal nachbessern, bevor er aufgegeben hat und Denis ihm nur den Materialpreis erstattet hat. So kann man auch günstig sein Bad fließen lassen! Überhaupt ist Denis ganz anders als ich. Er hat einen großen Audi, getunt und mit vielen Pferdchen unter der Haube.

Wir müssen uns immer wieder anhören, wie schnell er damit fährt. Von München nach Hause in nur knapp 3 Stunden. Ist das nicht prima? Ein schönes Thema, um sich mit Freunden zu unterhalten! Welche Vorteile und Extras hat mein Auto, wie schnell fährt es? Schwanzverlängerung lässt grüßen!
Ich kann da ja leider nicht mitreden, aber das erwartet hier auch niemand. Wenn man ab und zu mal *„och"* oder *„das gibts doch nicht"* sagt, hat man seinen Beitrag zur Unterhaltung geliefert.
Als andere Themen der Unterhaltung würden dann noch zur Verfügung stehen:
Ihr letzter Urlaub in der Karibik, der besonders teuer war, oder der Hund der beiden.
Die Bilder vom letzten Urlaub mussten wir uns erst beim letzten Treffen anschauen, das war schon Härte! Was interessieren mich die Urlaubsbilder anderer Leute? Wenn ich nicht dabei war, dann ist das für mich auch nicht so interessant!
Apropos Schwanzverlängerung. Der Hund der beiden scheint es auf mich abgesehen zu haben. Er leckt immer an mir rum und möchte gestreichelt werden. Aber, ich mag ihn nun

mal nicht streicheln. Das bestärkt ihn aber nur in seinen Annäherungsversuchen.

Damit sind wir bei Tina. Tina ist nicht nur eine hervorragende Köchin, nein sie hat auch besondere Reize. Sie hat eine Top-Figur, nicht dünn, aber eine schmale Taille und einen verführerischen Mund mit großen Lippen, obwohl sie sich keiner Schönheits-OP unterzogen hat. Ihre Haare sind immer dem momentanen Trend entsprechend frisiert und sie wechselt auch öfter ihre Haarfarbe. Das ist als gelernte Friseurin vermutlich zwingend für sie.

Sie geht zur Nageldesignerin und hat etliche Tätowierungen an den Armen. Sie muss nicht arbeiten, Denis verdient mehr als genug.

Dadurch hat sie genügend Zeit, den Friseur oder die Nageldesignerin zu besuchen oder den Hund auszuführen.

Sie haben in jedem Raum einen Fernseher und sind darauf besonders stolz.

So verpasst sie weder Frühstücksfernsehen noch irgendetwas anderes Unwichtiges!

Böse Zungen behaupten, dass sie scharf wie Chili ist. Angeblich erschläft sie Aufträge für Denis.

Meine Schwiemu weiß darüber gut Bescheid. Was solls, vielleicht hat sie auch Spaß dabei?

Bisher habe ich davon aber nichts gemerkt, sie ist einfach nur nett zu mir. Aber ich habe ja auch keine wichtigen Aufträge zu vergeben!
Das Beste an dem Abend war das gekühlte Bier. Denis hat extra eine Bierzapfanlage mit Kühlung gekauft, das war wohl eine lohnenswerte Investition und gefällt mir persönlich besser als sein hochmotorisierter Audi.
Dann nahm aber der Abend eine unerwartete Wendung. Durch Zufall kamen wir auf Ehe, Treue und Liebe zu sprechen.
Es ging um folgendes Thema: Wie würde man sich verhalten, wenn man fernab seines Partners oder seiner Partnerin auf einer einsamen Insel wäre. Dort würde man seiner Traumfrau/seinem Traummann begegnen.
Traummann oder -frau ist absolut begehrenswert und zu jeder Schandtat bereit.
Wie verhält man sich? Der eigene Partner ist weit, weit weg und würde nichts mitkriegen.
Tina war der Meinung, wenn es der andere nicht mitbekommt, dann könnte man auch sündhaft sein. Wenn es der andere nicht weiß, dann tut es ihm auch nicht weh!
Sie schaute mich mit ihren Kulleraugen dabei verführerisch an. Wie war mein Antwortblick?

Manchmal weiß man über sich selbst nicht so genau Bescheid, und so ging es mir in diesem Moment. Denis betonte seine eheliche Treueverpflichtung. Sein Argument war:
Warum soll man fremdgehen, wenn die Beziehung funktioniert? Wenn man ordentlich Sex zu Hause hat, dann muss man sich nicht auf Abenteuer einlassen. Er weiß, wovon er redet. Seine erste Frau hatte sich von ihm scheiden lassen, nachdem sie gemerkt hatte, dass ihr Tennislehrer nicht nur Tennis kann. Der hat wahrscheinlich einen Dauerständer, auch ohne Viagra. Denn sie war nicht die einzige. Darum hat sie sich wieder von dem Tennislehrer getrennt und wechselt seitdem die Freunde wie das Hemd. Ob sie jetzt wohl glücklich ist?
Denis ist natürlich froh, dass seine ehemalige Frau betrogen wurde, nachdem sie Denis betrogen hat. Da geht es ihm jetzt viel besser mit Tina, die nur für ihn da ist - oder vielleicht auch nicht?
Tina scheint sich mehr Freiheiten zu gönnen. Hauptsache, die zwei lieben sich!
Eva hielt sich aus der Diskussion heraus und ich bin der Fürsprecher der Treue.

Es gibt nur 2 Möglichkeiten: Ist die Liebschaft gut und es gefällt einem besser als zu Hause, dann wird man unzufrieden mit dem Partner oder der Partnerin. Die Untreue könnte zur Trennung führen. Neue Besen kehren gut, ob sich aber die neue Beziehung nicht genauso abnutzt, steht infrage. Ist es jedoch mit der Liebschaft genauso oder schlechter als zu Hause, dann kann man eigentlich auf das Abenteuer verzichten. Vielleicht habe ich diese Einstellung deshalb, weil ich Eva in besonderem Maße liebe und achte.

Vielleicht wäre es anders, wenn ich das Gefühl hätte, dass Eva nur die Notlösung für mich ist! Ja, ich weiß, wir sind von der Natur aus so programmiert, dass die Männer ihre Samen breitflächig streuen sollen und Frauen, die Kinder mit mehreren Männern haben, erhöhen damit die Chance, dass möglichst viele Kinder überleben. Jedenfalls sind nicht nur Männer Schweine, es gehören dazu ja auch Frauen!

Trotzdem wird häufig nur der Mann als die sexgeile Sau beschrieben oder besungen.

Die untreuen Ehefrauen gibt es kaum in der Literatur, und ein Lied, in dem die untreue Ehefrau besungen wird, ist mir nicht bekannt.

Trotzdem kann man aber unter Freunden zur Treue unterschiedliche Meinungen haben. Wenn sich jedoch beide Partner einig sind, dann funktionieren alle möglichen Varianten.

Inzwischen begann die Luft jetzt langsam an zu brennen. Das heiße Thema erhitzte die Gemüter von Tina und Denis so sehr, dass sie allmählich auf Konfrontationskurs gingen.

Jeder vertrat lautstark seine Meinung und als sie sich dann anbrüllten, war die Lage sehr explosiv! Denis schrie Tina an: *„Dann mach doch, was du willst, du wirst schon sehen, was du davon hast!"*

Tina schrie zurück: *„Genau, das mach ich auch, du bist total intolerant!"*

Zu uns gewandt sagte sie: *„Ich gehe jetzt ins Bett, vielen Dank für euren Besuch!"*

Ohne eine Antwort zu erwarten, verschwand sie. Das ist schon eine komische Situation! Niemand wollte ein solches Ende dieses Abends. Denis goss uns noch Schnaps ein und versuchte entspannt zu tun. Allerdings merkte man ihm an, dass er innerlich aufgewühlt war.

Nach einer Stunde mit Redethema Auto und einer Stunde Redethema Urlaub, in denen Eva und ich nur als Statisten anwesend waren, war die letzte Stunde wie im Flug vergangen, auch wenn das Gespräch zum Schluss eskalierte.

Wir verabschiedeten uns von Denis mit einem Absacker und bedankten uns artig für den Abend.

Auf dem Heimweg wollte ich noch mit Eva weiter über die Liebe philosophieren, aber sie hatte keine Lust dazu. Dafür redeten wir über die Sterne am Himmel, wir fanden sie in dieser Nacht einfach nur schön und romantisch. Weder Eva noch ich haben wirklich Ahnung von Sternen oder Sternbildern.

Über den Horizont flog eine Sternschnuppe. Ich sagte zu Eva: *„Jetzt kannst du dir etwas wünschen!"* Sie hat mir allerdings ihren Wunsch nicht verraten! Was sie sich wohl gewünscht hat?

Ist Neid angeboren?

Neid ist eine menschliche Emotion, die sich evolutionär entwickelt hat. Geht es doch immer wieder um den Kampf knapper Ressourcen. Natürlich könnte man heute auf Neid verzichten, jedenfalls in unserem reichen Land. Der Neid gilt ja nicht dem Essen, dem

Futter, das das Überleben sichert. Oft geht es um nicht unbedingt notwendige Dinge. Zum Beispiel der Neid auf das Auto des Nachbarn, seinen neuen Riesenfernseher oder das dritte neue Kleid der Freundin in diesem Monat. Das ist der negativ belegte Neid. Der Neid auf etwas, was man dem Anderen nicht gönnt. Denn eigentlich ist man ja selbst viel besser!

Auf der anderen Seite gibt es den Neid, der mit Anerkennung gleichzusetzen ist. Man gönnt der süßen Kleinen ihre Jugend, ihre Unbeschwertheit und ihren Optimismus. Oder man bewundert das Wissen des Wissenden, sein Vorausschauen, seine Lebensweisheit.

Eva und ich überdenken das immer wieder. Wir haben schon zahlreiche Diskussionen geführt und sind da einer Meinung: Es soll jeder nach seinen Vorstellungen leben. Warum soll man auf materielle Dinge neidisch sein? Sie machen den Besitzer meistens nur vorübergehend glücklich. Wenn man sich etwas Neues kauft, ein neues Auto, ein neues Handy oder andere Dinge, dann ist man eine gewisse Zeit über den Kauf glücklich und freut sich darüber. Allerdings wird alles schnell zur Selbstverständlichkeit. Dann denkt man nicht mehr weiter darüber nach, die Freude ist weg. Wer freut sich schon in Deutschland darüber, dass er fließend warmes und kaltes Wasser in der Wohnung und die Toilette Wasserspülung hat? Nichts ist selbstverständlich! Millionen Menschen würden sich über einen solchen Luxus extrem freuen! Man sollte immer wieder darüber nachdenken, dass es einem gut geht!

Ich gönne meinem Nachbarn seinen Audi. Mein alter Renault ist mir ans Herz gewachsen. Er gehört zu mir. Er hat schon Kratzer und Spuren des Alterns, also wie ich. Diese Individualität kann der Audi von Denis nicht nachweisen. Der ist aalglatt, immer hochglanzpoliert und steht da wie ladenneu. Meine Schwiegermutter ist leider total auf neidische Denkmuster programmiert. Sie gönnt keinem materielle Dinge oder Erfolge. Insofern die Menschen weniger materielle Dinge besitzen als sie, ist sie sogar gönnerisch. Die Person sitzt ja dann in ihrer gedachten Hackordnung niedriger als sie, stellt also keine Gefahr dar. Jedoch hat sich in den kommenden Tagen folgendes Absurdes zugetragen. Ihre beste Freundin Maria hat sich einige schlechte Zähne ziehen lassen und hat sich dafür Stiftzähne machen lassen.

Jetzt gibt sie im Dorf damit an, weil die Zähne ja sehr, sehr teuer waren. Ihre Botschaft ist ganz simpel: Ich bin sehr reich, ich kann mir so etwas leisten. Das ist natürlich ein toller Trumpf, den sie da ausspielt.

Meiner Schwiegermutter Hertha gefällt das überhaupt nicht. Sie denkt ernsthaft darüber nach, ihr saniertes Gebiss, welches in einem für ihr Alter makellosen Zustand ist, durch Stiftzähne ersetzen zu lassen. Kein Zahnarzt hat ihr das empfohlen. Es geht nur um den Kampf, die Selbstdarstellung. Dafür würde sie sogar die Schmerzen der Restauration ihres Gebisses ertragen. Hauptsache ist für sie, dass das neue Gebiss teurer als das ihrer Freundin ist!

Horst wird selbstverständlich nicht gefragt und Eva versucht, ihr das auszureden. Ist das nicht verrückt? Wie kann man nur so sein und anderen Menschen nicht den zweifelhaften Erfolg des Besitzes von Kunstzähnen gönnen, nur um selbst im Mittelpunkt zu stehen? Sie versteht vermutlich ihre Neidgefühle selbst nicht und ihren Charakter wird wohl keiner mehr ändern.

Die Lebenskrise von Schwieva

In den nächsten Tagen passierte nichts Außergewöhnliches. Meine Schwiemu regte sich darüber auf, dass mein Auto schräg steht, wobei schräg 10 cm Unterschied zwischen vorne und hinten bezüglich Bordsteinkante bedeutet.
Sie meinte, dass unsere Wohnung wieder mal renoviert werden müsste und dass die Haustüre quietscht. Ich solle doch wieder mal zum Friseur gehen und an Eva gerichtet, dass man jetzt nicht mehr durch unsere Fenster schauen könnte, so schmutzig seien die.
Schwieva hatte inzwischen seinen täglichen Alkoholkonsum gesteigert. Er stand scheinbar mit sich selbst im Wettbewerb, wie er neue Höchstmengen an Alkohol konsumieren kann. Da er fast nicht mit Schwiemu redete, bekam sie das auch nicht mit. Im Geräteschuppen oder in der Garage, überall hatte er Stellen, an denen er seine Schnapsflaschen deponierte.
Selbst im Garten waren an verschiedensten Stellen kleine Schnapsflaschen in der Erde verbuddelt, das ist seine eiserne Reserve. Manche Tiere verbuddeln ja auch ihr Fressen,

um es vor dem Wegfressen durch andere Tiere
zu schützen.

Aber bei Schwieva stehen die Dinge anders.
Keiner möchte ihm den Schnaps wegtrinken.
Allerdings gießt Schwiemu ihn einfach aus,
wenn sie ihn findet. Dann beschimpft sie ihn,
was für ein Taugenichts er sei. Ein normales
Gespräch haben die beiden sicherlich schon
seit vielen Jahren nicht mehr geführt! Und
Gemeinsamkeiten, gemeinsame Interessen,
Hobbys oder Meinungen konnte ich auch
nicht feststellen. Vielleicht war es früher anders?

Vor einigen Jahren sind die beiden mit dem
Auto unterwegs gewesen. Dann haben sie sich
gezankt. Schwieva ist aufgebraust und schneller gefahren als erlaubt. Er muss wohl sehr
zornig gewesen sein. In einer 30er - Zone ist es
dann passiert. Erst rollte der Ball auf die
Straße, dann lief ein Kind hinterher.

Schwieva hatte den Ball übersehen und als das
Kind von seinem Auto durch die Luft gewir-
belt wurde, war schon alles zu spät.

Der 6-jährige Junge verstarb noch an der
Unfallstelle. Der Gutachter hat eindeutig
überhöhte Geschwindigkeit festgestellt. Die
Geschwindigkeit lässt sich anhand der Verlet-

zungen und an den Schäden am Auto feststellen. Einen Bremsweg gab es nicht.

Er war so in den Streit vertieft, dass er sich nicht auf das Fahren konzentriert hat. Normalerweise war er kein Raser, er hat die Regeln grundsätzlich eingehalten. Nur dieser eine Moment in seinem Leben hat ihn aus der Bahn geworfen.

Man hat ihm nachgewiesen, dass er bei Einhaltung der Geschwindigkeit in der 30er-Zone noch rechtzeitig zum Stehen gekommen wäre.

Seine Reue vor dem Gericht, keine Punkte in Flensburg und seine Versuche, es wiedergutzumachen, hat das Gericht als mildernd anerkannt. Wenige Tage nach dieser Katastrophe hatte er, mit einem Briefumschlag voller Geld, die Eltern besuchen wollen. Dort bekam er aber leider keinen Einlass, die Eltern nahmen seine Entschuldigung nicht an. Er wurde auf Bewährung verurteilt.

Seitdem ist er ein anderer Mensch. Er fing an zu trinken und wurde deswegen entlassen.

Das war zwar nicht das Hauptproblem, er stand ja kurz vor der Rente.

Die schlaflosen Nächte und der Alkohol haben ihm mächtig zugesetzt. Dazu hat er noch die

Schwiemu als Ehefrau, wie soll ein Mensch das aushalten?

Was die zwei wohl beieinander hält?

Hilft Rattengift?

Wir hatten einen extremen Mai. Seit Wochen regnete es fast unaufhörlich. Flüsse und Bäche in Deutschland sind über die Ufer getreten. In den Nachrichten wird immer wieder über Evakuierungen von Menschen berichtet, deren Häuser unter Wasser stehen.

Unser Haus steht etwa 15 m vom Bach weg. Wir hatten noch nie Probleme, jedoch ist der Bach durch den Dauerregen zu einem kleinen Strom geworden. Alle im Dorf verfolgten den Anstieg mit Sorge, jedoch hatte bisher niemand ernsthafte Probleme mit Hochwasser.

Als Folgeerscheinung sind allerdings nun die Kanalratten oder andere Ratten, die am Bach leben, auf das höhere Gebiet ausgewichen.

In unserer Gartenhütte, dem Geräteschuppen, hatten Günther und ich schon einige Ratten gesichtet. Der Gedanke an ein Rattennest in der Hütte ist nicht so erfreulich. Sie übertragen doch so manche Krankheiten. Letztlich habe ich Rattengift gekauft. Das sind kleine rötliche Pellets.

Diese habe ich im und um den Geräteschuppen ausgelegt.

Da kam mir ein Gedanke. Tötet dieses Gift auch Menschen? Ich surfte im Internet und fand einen interessanten Bericht mit dem Titel:

„Rattengift auf Brötchen"

Vermutlich hat ein ehemaliger Mitarbeiter vor dem Eingangsbereich seiner Firma mehrere Plastiktüten mit belegten Brötchen abgestellt.

Das war nicht unüblich in dieser Firma, hat doch öfter mal ein Kollege Geburtstag und möchte den Mitarbeitern etwas Gutes tun.

Aber dieses Mal war es anders. Die Brötchen enthielten Rattengift. Als es in den Köpfen klingelte, waren schon etliche Brötchen von den Mitarbeitern verzehrt worden.

25 Mitarbeiter kommen auf Intensivstationen umliegender Krankenhäuser. Das war aber eher vorbeugend, denn Vergiftungssymptome sind nicht aufgetreten. Auf der Packung steht:

„Rattengift kann bei entsprechender Dosierung für den Menschen tödlich sein."

Welche Dosierung notwendig ist, finde ich nicht. Auch steht nirgends, ob es ein schmerzhafter Tod ist. Vermutlich aber nicht, denn die Tiere sollen ja nicht leiden. Dafür sorgen schon die Tierschützer!

Ich schäme mich für meine Gedanken. Habe ich jetzt meine Allgemeinbildung verbessert oder sollte ich doch mal einen Psychologen aufsuchen? Da fällt mir ein Witz ein:

Haben sie schon mal darüber nachgedacht, ihren Partner zu verlassen?

Antwort: Nein, habe ich nicht. Höchstens an Mord habe ich gedacht.

Meine Ehe mit Eva

Wieder einmal sah ich, wie Schwiva durch den Garten streifte, um Nachschub für seine Alkoholsucht zu finden. Ich dachte an die zerrüttete Ehe meiner Schwiegereltern.

Da fiel mir Eva ein. Was hält uns eigentlich noch zusammen? Sie arbeitet sehr, sehr viel und ist außergewöhnlich oft unterwegs. Abends ist sie häufig müde und lustlos. Auf jeden Fall ist sie anders als früher geworden. Gemeinsame Hobbys haben sich reduziert auf das gemeinsame Vor-dem-Fernseher-Schlafen. Selbst das gemeinsame Frühstück oder

Abendessen ist eine Seltenheit geworden. Wir reden nicht mehr so oft und viel miteinander und schweigen uns an.

Sicher ist es normal, dass sich jeder nach der Zeit voller Glückshormone in der ersten Phase einer Liebesbeziehung verändert und weiterentwickelt. Die Einstellungen und Ansichten bleiben nicht grundsätzlich im Leben konstant. Selbstverständlich ändert sich auch das Aussehen. Auch wenn wir Menschen gerne ewig jung wären und so aussehen möchten, das hat noch keiner geschafft. Das Aussehen spielt sicher später auch nicht mehr die Hauptrolle, sonst gäbe es keine glücklichen älteren Paare in einer Beziehung. Wenn es jedoch beide Partner schaffen, weitgehend im selben Gleis und in derselben Richtung zu fahren, haben sie gewonnen. Ist das die richtige Basis einer funktionierenden Beziehung?

Im selben Gleis und in derselben Richtung fahren - trifft das auf Eva und mich noch zu? Klar, wir haben zwei gemeinsame Kinder, die uns jedoch scheinbar kaum noch brauchen, außer als Sponsoren für genussvolles Leben. Natürlich brauchen sie uns auch, die Familie bietet ja das Refugium für den Rückzug aus dem Alltag.

Jedoch sind die Kinder nicht der Dauerkitt einer Beziehung. Nicht umsonst lassen sich viele Paare scheiden, sobald die Kinder „aus dem Gröbsten raus" sind.

Das Verhältnis zu Eva war nicht mehr so wie gewohnt. Vielleicht war daran der besondere Stress an ihrer Arbeit schuld? Auffällig war jedoch, dass immer häufiger Anrufe mit Rufnummernunterdrückung kamen, und wenn ich abnahm, meldete sich niemand.

Das kann natürlich auch ein Schüler sein, der sich einen Spaß erlaubt. Jedoch ist das in der Vergangenheit kaum passiert.

Wenn aber Eva den Hörer abnahm, sagte sie in meiner Anwesenheit öfter als gewöhnlich zum Anrufer: „Ich muss das erst abklären, ich rufe sie zurück!" Zu mir sagte sie dann: „Den Kerl wollte ich jetzt nicht sprechen, der nervt total!"

Wenn ich dann wissen wollte, wer da nervt, war die Antwort häufig: „Den kennst Du nicht, das ist ein neuer Kunde, der möchte am liebsten alles kostenlos haben!" Oder sie sagte: „Ich habe das Angebot für diese Firma noch nicht fertig, die nerven mich mit unwichtigen Details, im Moment habe ich allerdings keine Zeit dazu!"

Das machte mich misstrauisch.

Wenn man eifersüchtig ist, macht man die verrücktesten Sachen. So durchwühlte ich ihre

Taschen, oh Mann, in der Handtasche sieht es aus wie im Zimmer unserer Kinder! Ich fand nichts Außergewöhnliches.

Ich wollte ihre Dienstmails überprüfen, aber ich kenne nur den Zugang zu ihrer privaten Mailadresse. Aber auch dort konnte ich nichts Auffälliges entdecken. Ich betätigte die Wahlwiederholungstaste vom Festnetztelefon, wenn sie einen Anruf getätigt hatte und gleich danach wegmusste. Da waren etliche berufliche Anrufe, das Telefon zeigte mir die Namen an. Häufig entdeckte ich Anrufe an und von ihrem Chef.

Aber das war nicht außergewöhnlich, die beiden hatten schon immer engen Kontakt, hoffentlich nur beruflich? Die unbekannten Anrufnummern rief ich aber an.

Wenn sich der Teilnehmer meldete, sagte ich: *„Oh, entschuldigen sie bitte, da habe ich mich wohl verwählt!"* Die Anrufe waren nur dienstlich, ich konnte keine heiße Spur entdecken, ist also alles in Ordnung?

Ich begann, an mir zu zweifeln. Bilde ich mir das alles ein oder bin ich ein Depp, der hinter das Licht geführt wird? Lediglich ihr Handy konnte ich nicht überprüfen, es ist ja ihr Diensthandy und ich kenne nicht die PIN.

Je weniger sie sich für mich interessierte, desto begehrenswerter fand ich Eva. Vielleicht ist das die Lösung für abgeliebte Partnerschaften? Es ist wie auf dem Hühnerhof. Gibt es dort einen Bissen, für den sich keines der Hühner interessiert, dann ist dieser Bissen auch für die anderen Hühner uninteressant. Wenn aber ein Huhn etwas im Schnabel hat, dann wollen ihm die anderen Hühner das Fressen abjagen.
Das soll heißen, der Gedanke daran, dass Eva ein heißer Feger ist und sie einen anderen Kerl hat, machte mich gierig auf sie. Es ist schon verrückt: Wenn man meint, man hat seinen Partner hundertprozentig sicher, verringert das die Begierde auf ihn. Ich dachte sehr oft darüber nach und war ziemlich eifersüchtig.
Hier im Ort konnte sie keine Liebelei haben, Schwiemu wüsste das sofort. Hier bleibt so etwas nicht lange geheim. Aber Eva arbeitet ja überregional, da kommen schon mal am Tag über 500 km zusammen, die sie fährt. Jedoch kommt sie eigentlich fast immer wieder nach Hause. Sie könnte sich ja auch ein Hotel nehmen. Nein, das macht sie nicht!
Vielleicht irre ich mich ja nur!

Der Lottogewinn

Mein Schwiegervater hatte richtig großes Glück, wie man es gewöhnlich nur einmal im Leben hat. Oder hatte er kein Glück? Wie soll man das erklären? Folgendes ist passiert:

Horst spielt schon seit ewigen Zeiten Lotto 6 aus 49 und hatte auch gelegentlich mal drei Richtige und sogar einmal einen Vierer. Er macht das heimlich. Hertha verbietet ihm das Spielen genauso wie den Alkohol.

Natürlich stimmt es, Alkohol kann süchtig machen und Spielen auch.

Aber Horst übertreibt es nicht mit den Lottospielen. Er hat einen Tippschein pro Ziehung und damit sind die Kosten überschaubar.

Hertha möchte nicht, dass er spielt. Wenn sie einen Spielschein bei ihm findet, gibt es Ärger. Sie möchte ihn einfach unter Kontrolle haben und möglichst erziehen. Dazu ist es jedoch längst zu spät. Horst spielt heimlich. In der Lottoannahmestelle kennen sie ihn gut. Dort gibt es nebenan Flaschenbier und Schnaps.

Das ist eine gute Kombination. Den Getränkehandel betreibt der Herr Schmidt und die Lot-

terieannahme nebst Klimbimgeschäft seine Frau. So gehen die Männer zum Tippen oder zum Zeitungskauf zu Frau Schmidt und damit haben sie ein Alibi, um zu Schmidts zu gehen. Anschließend gibt es natürlich noch was zu trinken beim Herrn Schmidt und dazu allerlei dummes *„Gedeige"*. So bezeichnet man hier die *„sinnreichen Gespräche"* über Fußball, Politik und das Neueste vom Dorf.
Horst ist eigentlich kein Dummquatscher, aber die Flaschenbierhandlung mag er!
Sein *„großer Tag"* war der 03. April 2013.
Er tippt immer nur für eine Ziehung. Zwar wäre eine längere Laufzeit sinnvoll, aber so kann er mehrfach in die Flaschenbierhandlung gehen um immer wieder den Tippschein auszufüllen und abzugeben.
Er hatte, wie immer, einige Tage zuvor getippt und den Spielschein im Gartenhaus vor seiner Frau versteckt. Dort gibt es eine Halterung für Gartenwerkzeuge.
Diese Halterung kann man mit wenigen Handgriffen entfernen. Dahinter kann man ganz flache Dinge verstecken. Ein Lottoschein passt natürlich ohne Probleme dahinter.
Bei der Mittwochsziehung war es so weit.

Er hatte 3-8-11-28-32-40 getippt und außer der 28 waren alle gezogen worden. Also hätte er fünf Richtige gehabt. Horst hat die Ziehung live im Fernsehen mitverfolgt und konnte sein Glück kaum fassen. Er sprang von seinem Fernsehsessel auf und kam sofort nach unten in unsere Wohnung, um uns von seinem Glück zu berichten. Seine liebe Hertha kam genau in diesem Moment aus der Nachbarschaft nach Hause und kommt gewöhnlich sofort zu uns, bevor sie nach oben geht. Horst nahm sie in den Arm und sagte überglücklich: *„Wir haben gewonnen, wir haben einen Fünfer im Lotto!"* Hertha wusste nun nicht, wie sie sich verhalten sollte, eigentlich hatte sie ihm ja das Spielen verboten. So zeigte sie auch nicht übermäßige Glücksgefühle. Kurze Zeit später stellte sich heraus, dass bei der Ziehung ein Fehler unterlaufen war. Durch eine technische Panne waren nur 47 der 49 Kugeln in der Trommel.

Seit in fast 60 Jahren Lottogeschichte ist das vorher noch nie passiert. Daraufhin wurden die gezogenen Zahlen für ungültig erklärt und es wurden neue Zahlen gezogen. Dieses Mal waren es natürlich nicht die Zahlen von Horst.

Die Folge war, dass Hertha nun ihrem Horst Vorwürfe macht, weil er gespielt hat, vielleicht auch wegen der technischen Panne.
Vielleicht ist Horst daran schuld, weil er nicht auf Hertha gehört hat?
Armer Horst, er bekommt das immer wieder von Hertha zu hören. Manchmal muss man glauben, dass sie sich über die fehlerhafte Ziehung freut, denn somit hat sie ja wieder mal recht gehabt. Warum musste Horst auch Lotto spielen?

Normaler Alltag

Die nächsten Wochen verliefen ganz normal. Oder war da etwas anders? Unsere Kinder pubertierten auf Höchstniveau. Sara war sehr oft unterwegs, oft wussten wir nicht, wo sie war und sie blieb uns gewöhnlich bei Nachfrage die Antwort schuldig. Jedoch kam sie wenigstens zum Schlafen nach Hause. Günther war nach der Schule im Normalfall auf dem Fußballplatz. Schwiemu hatte immer neue Ideen, um meinen Hass gegen sie zu steigern. Mit ihren Hustenanfällen konnte sie ihren Willen letztlich immer durchsetzen.

Mein einziger Lichtblick war die Aussicht, dass Schwiemu mit der Kirchgemeinde eine Pilgerfahrt nach Lourdes unternehmen wollte. Das bedeutete, dass sie bald einige Tage weg sein würde. Eva arbeitete wie wild. Es war ja normal, dass ich nach der Arbeit viel früher zu Hause war als sie, jedoch kam sie in letzter Zeit sehr oft sehr spät heim. Oder sie musste abends noch einmal weg. Sie hat schon einen stressigen Job!

Ich hielt ihr den Rücken frei und erledigte die Hausarbeit so gut es ging. Wir sprachen nicht mehr so ausführlich und oft miteinander wie gewohnt. Irgendetwas war zwischen uns. Ihr sexuelles Bedürfnis ging gegen Null, während ich als ausgeruhter, Mittagsschlaf gewohnter Lehrer sexuell ziemlich unausgelastet war.

Mir war klar: Stress ist ein Sexkiller und Eva hatte verdammt viel Stress. Vielleicht liegt es daran? Wenn wir im Sommer in den Urlaub fahren, dann wird es sicherlich wieder besser werden! Sara und Günther hatten schon lange angekündigt, dass sie nicht mit uns fahren werden.

Schließlich können sie ja auch zuhause bleiben oder mal mit Freunden zelten.

Die Aussicht auf kinderfreien Urlaub war sehr verlockend. Was nützen einem im Urlaub die pubertierenden, die Stimmung versauenden Kinder? Das brauchen Eva und ich nicht! Wir kommen auch so prima zurecht! Außerdem können wir dann mal das machen, worauf wir Lust haben.

Worauf haben wir denn eigentlich Lust? In den letzten Jahren standen immer die Wünsche der Kinder im Vordergrund!

Eva und ich hatten uns angepasst. Eigentlich wusste ich leider nicht einmal, wohin Eva am liebsten mit mir fahren würde. In den letzten Jahren sagte sie nur immer: *„Es ist mir egal, wo wir hinfahren. Hauptsache, ich habe meine Ruhe, kann mal ausschlafen und muss nicht kochen.“*

Dieses Mal könnten wir uns etwas Besonderes gönnen. Ohne Kinder kostet es viel weniger. Ob ich Eva einfach überrasche und irgendwas buche? Inzwischen ist es ja schon Mai und wir haben uns noch nicht festgelegt.

Wir müssen mal darüber reden! Als ich Eva darauf ansprach, sagte sie: *„Such doch einfach irgendetwas Schönes aus und zeig es mir dann!“*

Also suchte ich und surfte im Internet. Aber was suchte ich eigentlich? Womit könnte ich Eva eine Freude machen? Eigentlich bin ich schon sehr lange mit Eva zusammen, aber ich weiß noch längst nicht Alles über sie. Will sie in die Berge oder ans Meer, oder vielleicht eine Schiffsreise machen? Wollen wir mal nach Paris oder sogar nach San Francisco? Hotel oder Ferienwohnung? Wer die Wahl hat, hat die Qual! Ich werde schon noch was finden, fand aber nichts Passendes, obwohl tausende verlockende Angebote um die Gunst der Käufer wetteiferten.

Der Abend bei Dr. Krause

Er hatte Wort gehalten! Auf ihn ist wirklich Verlass! Heute Abend waren wir bei Evas Chef, Dr. Krause, eingeladen. Ich bekam von Eva den speziellen Auftrag, einen extra teuren Blumenstrauß und eine gute Flasche Rotwein zu kaufen. Man möchte sich ja nicht lumpen lassen. Als ich dann nach Hause kam und zu Eva sagte: *„Auftrag ausgeführt!"*, war sie nicht so richtig zufrieden, die Rosen wären schon zu alt, obwohl sie teuer genug waren. Ich hatte 25 € ausgegeben, eine Menge Geld für den Blumenstrauß, dass aber der Bordeaux nur 4,99 € gekostet hat, merkte Eva nicht. Die

Flasche sah teuer aus und so wurde von ihr wenigstens der Wein akzeptiert.

Wir zankten uns wegen des Blumenstraußes.

Mein Argument, dass der Blumenstrauß sowieso langfristig gesehen auf dem Kompost oder in der Biotonne landet, kann Eva nicht nachvollziehen.

Unser nächstes Reizthema war die Anzugsordnung. Ich sollte meinen Anzug mit Schlips anziehen! Ich hasse es, Anzüge anzuziehen…. und erst recht den Schlips! Lieber kleide ich mich leger! Aber was sollte ich machen, ich wollte Eva nicht blamieren, da musste ich wohl in den sauren Apfel beißen.

Eva kleidete sich heute nicht wie gewöhnlich. Sie zog ein kurzes rotes Kleid mit einem vielversprechenden Ausschnitt an. Außerdem schminkte sie sich dezent und trug Lippenstift der gleichen Farbe auf. Oh Mann, sie sah heute wieder mal hinreißend aus.

Als wir endlich in das Auto stiegen, waren wir natürlich schon eine Viertelstunde über die Zeit. Eva schob es auf mich, weil ich meinen Schlips mehrfach binden musste, bevor er die richtige Form hatte. Aber eigentlich war sie nicht vom Spiegel weggekommen.

Vermutlich ist das aber fast normal und viele Paare gehen gereizt aus dem Haus, wenn sie sich für einen besonderen Anlass gekleidet haben. Warum sollen wir da eine Ausnahme machen?

Als wir bei Krauses klingelten, öffnete Dr. Krause persönlich, seine Frau stand hinter ihm und hielt sich im Hintergrund. Frau Krause ist mindestens 10 Jahre jünger als Evas Chef. Sie hatte ein sehr figurbetontes Kleid an und ihr Ausschnitt zeigte mehr, als er verbarg. Beim Händeschütteln fiel es mir sehr schwer, ihr nicht in den Ausschnitt zu starren. Das ist jedoch nicht so einfach, denn ich bin einen Kopf größer als sie, schaue von oben herab. Das ist natürlich für den Blick in ihren Ausschnitt sehr erleichternd, auch wenn ich das eigentlich nicht will. Ich fixierte ihre Augen. Sie hat wunderschöne blaue Augen und hielt meinem Blick stand. Als Chef kann man sich sicher eine zweite und viel jüngere Frau leisten! Vielleicht lieben sie sich sogar?

Seine Kleidung war locker, von wegen Anzug und Schlips! Mit Jeans und dem T-Shirt war er gut und modern gekleidet. Ich ärgerte mich über Evas Forderung, dass ich einen Anzug

anziehen sollte. Aber eigentlich war ich ja
selbst schuld, denn ich war zu hörig auf Eva.
Wir wurden in das Haus, oder soll ich sagen,
in den Palast, hineingebeten. Der Boden im
Flur war mit schwarzem Marmor bestückt,
eine breite Treppe führte nach oben. Einige
Marmorsäulen rundeten das Bild ab. Die Flur-
grundfläche war mindestens so groß wie die
Grundfläche unseres Hauses.
Wir folgten Dr. Krause in das Wohnzimmer,
das ebenso feudal ausgestattet war. Von hier
aus hatte man einen Blick auf das riesige
Schwimmbecken und den Garten, oder ist das
ein Park?
Ja, wohl eher ein Park mit Stelen und Büsten,
der muss reich sein, schoss es mir durch den
Kopf.
Er bat uns einen Platz an dem großen Tisch
mit den schweren Stühlen an, ohne uns seinen
Reichtum zu zeigen. Das hat er vielleicht nicht
nötig. Hier ist es anders als bei Denis und
Tina, Krauses sind erhaben über ihren Reichtum, sie müssen ihn nicht präsentieren.
Wir führten einen Smalltalk.
Anders als bei Marco oder Denis kann ich ja
hier nicht meine verruchten Witze erzählen.

Eva hatte mir eingeimpft, dass ich mich benehmen sollte.

Also hielt ich mich dezent zurück. Das habe ich schon als Kind gelernt: Augen und Ohren auf und Mund zu, haben mir meine Eltern beigebracht. Da Eva sich nun mit Dr. Krause über geschäftliche Dinge unterhielt, blieb mir nur Dr. Krauses Frau als Gesprächspartnerin. Worüber sollte ich mich mit ihr unterhalten? Ich lobte ihr Haus und das Schwimmbecken, konnte aber nicht punkten. So sehr intelligent schien mir Frau Dr. Krause nicht. Oh Mann, warum sagen wir eigentlich Frau Dr. Krause? Eigentlich ist sie ja keine Doktorin, denn man kann sich keinen Doktortitel erheiraten. Aber ich hatte mich in meiner Ersteinschätzung von Frau Dr. Krause total geirrt. Das bemerkte ich sehr bald.

Nach 10 Minuten entschuldigten sich Eva und Dr. Krause. Sie wollten noch was im Büro im Haus erledigen. Also gingen sie in das Büro in der oberen Etage. Jetzt war ich mit der jungen, reizvollen, aber nicht sehr gesprächigen Frau Dr. Krause alleine. Wenigstens hatte ich schon ein Glas Rotwein vor mir. Nach ein paar anstrengenden Minuten fragte sie mich nach meiner beruflichen Tätigkeit. Ich erzählte ihr von meinem Lehrerdasein.

Das kommt meistens gut bei Frauen an. Frauen haben eine soziale Ader und sind oft die Verantwortlichen bei der Kindererziehung, aber manchmal auch bei der Erziehung ihrer Männer. Deshalb interessieren sie sich für den Schulalltag und die Kindererziehung. Nachdem ich über mich erzählt hatte, traute ich mich auch, nach ihrem Beruf zu fragen. Das ist zwar sehr gewagt, denn häufig sind Frauen erfolgreicher Männer zu Hause als Familienmanagerin, und dann kann man sie mit der Frage nach dem Beruf auf dem falschen Fuß erwischen. Sie antwortete: *„Ich bin Ärztin im Krankenhaus."*

Sie outete sich jetzt als tatsächliche Doktorin. Also ist sie überhaupt kein Dummchen! Nun war das Eis gebrochen, wahrscheinlich hat sie mich auch für einen Blödmann gehalten, der sich im Erfolg seiner Frau sonnt!

Wir unterhielten uns über alles Mögliche, Gott und die Welt. Dabei haben wir auch ordentlich Rotwein getrunken. Die Zeit verging sehr schnell. Der Dr. Krause hat ja wirklich in jeder Beziehung Glück, dachte ich. So ein hübsches und intelligentes Weib hat er! Nach einer gefühlten Stunde kamen Eva und Dr. Krause jetzt wieder. Sie schienen sehr zufrieden. Die haben doch nicht etwa......? Das Schlafzimmer ist bestimmt auch in der oberen Etage! Bevor sie das Wohnzimmer erreicht hatten, hatte Frau Dr. Krause schon die nächste Flasche Rotwein auf den Tisch gestellt. Scheinbar wollte sie nicht, dass er merkt, dass wir schon eine Flasche von dem guten Rotwein getrunken hatten. Krauses Verhältnis zueinander war schwer zu durchschauen. Hier war keine Spur von Uneinigkeit - aber auch keine Spur von überschwänglicher Liebe!

Ist er der Leitwolf, der Geldverdiener, ist sie devot und lässt ihn ab und zu mal über sich kommen? Nein, eigentlich verdient sie ja auch gut.

Aufgrund des Einkommens ihres Mannes müsste sie ja nicht arbeiten und hätte trotzdem keine Geldsorgen. Jedoch hat sie ja einen tollen Beruf und will auch eigenes Geld verdienen.

Die Türklingel weckte mich aus meinen Gedanken. *„Das ist der Partyservice"*, sagte der Leitwolf. Das war das Schlüsselwort für seine süße Frau. Sie sprang auf und führte das Team in die Küche. Kurze Zeit später servierte der Partyservice das Essen. Wir wurden bedient wie im Restaurant. Die scheinen wirklich Geld zu haben. Das Essen war opulent, jedoch hat mir am besten der Rotwein geschmeckt, und nach langweiligen Gesprächen über Geschäfte, Steuerersparnis und Politik war ich froh, als Eva mich um Mitternacht zum Aufbruch aufforderte. Ich war inzwischen beschwipst und lächelte nur noch blöd.

Eva fuhr nach Hause. Sie war stolz, dass er uns persönlich empfangen hatte. Soll ich auch darauf stolz sein, dass ich bei einem reichen Mann eingeladen war? Ich weiß nicht! Ich war ja nur Evas Anhang. Also war ich auf Eva stolz! Wenn ich beschwipst bin, überwerfe ich Eva mit Komplimenten. Auch dieses Mal machte ich ihr unzählige Komplimente wegen ihrer Schönheit und Intelligenz. Jedoch kam es bei ihr nicht so an. Sie war abweisend. Da war wieder dieses seltsame Gefühl! Irgendetwas ist zwischen uns, das war nun kaum noch zu übersehen. Ist das vielleicht doch Dr. Krause? Erfolg macht begehrenswert! Oder ist das nur ihr momentaner Arbeitsstress?

Ein Buch mit unabsehbaren Folgen

Sara legte sich neuerdings mit allen möglichen Leuten an. Die Ursache war ganz simpel: Sie hatte ein Buch darüber gelesen, dass wir Menschen sehr oft die Unwahrheit sagen. Und dann hatte sie Tina auf der Straße getroffen. Die beiden haben einen Smalltalk geführt. Tina hat dummerweise Sara etwas über Mode und Zeitgeist erklären wollen. Sie zeigte Sara ihre übergroßen Tätowierungen auf dem Arm.

Dort hat sie sich ihren Audi und den Hund, neben anderen unwichtigen Dingen, tätowieren lassen. Tina wollte damit angeben und ist bei Sara an die Richtige geraten. Innerhalb unserer Familie gilt Tina als besonders hirn- und geschmacklos. Deshalb musste sie öfter als Beispiel für umgesetzte Blödheit herhalten. Allerdings hat Sara nun ihren Ehrlichkeitsfimmel umgesetzt und Tina gesagt, dass ihre Tätowierungen total blöd aussehen, und hat noch ergänzt: Wenn erst die Muskeln und die Haut erschlaffen, dann sind der Audi und der Hund total zerknautscht. Zusätzlich teilte sie ihr unsere Meinung mit, dass ihre auffälligen drei verschiedenen Haarfarben bei Frauen ihres Alters total beknackt aussehen.

Das Gespräch eskalierte und Tina verließ die Auseinandersetzung mit hochrotem Kopf, um sich bei Denis über unsere unerzogene Tochter zu beschweren.

Inzwischen hatte Sara mir voller Stolz von dem „*Gespräch*" erzählt. Natürlich hatte sie nach unserer Meinung Recht, ohne Frage, aber sie sah nicht ein, dass man nicht alles sagen kann, auch wenn man meint, dass es richtig oder wahr ist. Sie hatte Tina ihre oder unsere Meinung kundgetan.

Wir hatten darüber schon mehrfach diskutiert. Zum Beispiel, wenn die Frau ihren Mann fragt: „*Findest Du, dass ich zu dick bin?*", dann kann er nicht antworten: „*Wenn Du 2 bis 3 kg abnehmen würdest, das würde Dir gutstehen.*"

Oder noch schlimmer: „*In dem Kleid siehst Du aus wie eine Presswurst!*"

Oder: „*Wenn das Kind der Nachbarin in seinem Kinderwagen so ekelhaft aussieht, dass man sich am liebsten speiend abwenden möchte, sagen trotzdem alle: Der ist aber süß.*"

Man kann nicht immer die Wahrheit sagen und möchte sie auch nicht immer unbedingt wissen. Ich sage auch nicht zu meinem unfähigsten Schüler: „*Du bist zu blöd, einen Eimer*

Also besteht unser Leben aus vielen kleinen und großen Unwahrheiten, nur so können wir zusammenleben. Das besagen auch viele wissenschaftliche Studien. Jeder Mensch lügt mehrfach am Tag, meist aus Höflichkeit, Angst oder Egoismus. In vielen Berufen wird das sogar erwartet. Beispielsweise ist das bei Lehrern so: Sie sollen den Kindern Mut zusprechen und auch den Dümmsten das gute Gefühl geben, dass sie nicht dumm sind. Die Folgen sind heute unübersehbar. Viele dumme Menschen merken nicht, dass sie dumm sind. Dummheit und Frechheit sind häufig gepaart. Fast jeder kann ein Lied davon singen.
Dass Lügen im Beruf erwartet wird, betrifft auch Autoverkäufer, Versicherungsvertreter oder Kellner. Kein Kellner würde zum Gast sagen: *„Essen sie lieber das Schnitzel nicht, das Fleisch ist nicht mehr taufrisch und unser Koch kriegt das auch nicht gut hin!"*
Sara wollte auf ihrem Ehrlichkeitstrip immer die Wahrheit sagen. So hatte sie schon zu

Schwiemu gesagt, dass sie sich permanent einmischt in Dinge, die sie gar nichts angehen. Das ging ja immer noch. Aber dann sagte sie zu ihr, dass ihre Wohnung wie eine Müllhalde aussieht. Alles steht voll mit Pseudokunst, goldene Sammeltassen stehen in unendlicher Anzahl in Vitrinen und Schränken. Unzählige große Bodenvasen verunzieren den Fußboden und die Wände hängen voll mit Kreuzen oder Souvenirs wie *„Gruß aus dem Harz."*
Natürlich hatte Sara nach den Vorstellungen in unserer Familie vollkommen recht.
Der Geschmack der Menschen ist sehr unterschiedlich, insbesondere unterscheidet er sich bei den Generationen. Allerdings hatte Schwimu auch schon abfällige Bemerkungen über Saras Kleidung gemacht. Ihr missfallen die Löcher in ihren Jeans und überhaupt ihre altersgemäße moderne Kleidung.
Trotzdem wissen wir natürlich, dass solche Ehrlichkeiten Krieg zur Folge haben. Letztlich sollte die Wohnungseinrichtung hauptsächlich dem Wohnungseigentümer gefallen, nicht den anderen Leuten. Genauso verhält es sich mit der Kleidung: Wenn man sich selbst und dem Partner/der Partnerin gefällt, ist doch die Welt in Ordnung! Jedoch ist meine Schwiemu da

sehr uneinsichtig. Als erfahrene Frau sollte sie doch Toleranz gegenüber ihrer pubertierenden Enkeltochter haben. Aber sie verhält sich bei Kritik genauso wie Sara und schmeißt Türen, wird dann unsachlich und laut und letztlich bringt es nichts, mit ihr darüber zu reden.

Es klingelte an der Haustüre. Als ich öffnete, stand Denis davor. Er hatte ein sehr ernstes Gesicht und kam, um sich über unsere Tochter zu beschweren. An seiner hochroten Gesichtsfarbe konnte ich den Ernst der Lage erkennen. Er überschlug sich mit seinen Worten, als er mir die Situation schilderte. Ich bat ihn herein und sagte: *„Setz dich erstmal hin, ich hole uns ein Bierchen."* Er war nicht abgeneigt, und so konnte ich ihm wenigstens den ersten Wind aus den Segeln nehmen. Beim Biertrinken wiederholte er noch einmal Saras Worte, die sie zu Tina gesagt hatte, war aber jetzt etwas aufgeräumter.

Was sollte ich dazu sagen? Ich rief nach oben in Richtung Saras Zimmer, dass sie bitte mal kommen möchte. Allerdings bekam ich keine Antwort. Als ich ihre Zimmertür aufmachte, sah ich, dass sie Musik mit Kopfhörern hörte. Ich wiederholte meine Aufforderung mit dem Hinweis, dass Denis eine Entschuldigung erwartet. Sie antwortete: *„Ich muss mich nicht entschuldigen, es ist meine ehrliche Meinung und deine doch auch, oder?"*

„Klar!", sagte ich, *„aber ich möchte deswegen keinen Zoff mit den Nachbarn haben."*

Sara rief erbost: *„Dann klär du das doch!"*

Natürlich, der Vater solls wieder richten!

Was sollte ich nun machen? Kind prügeln? Bringt wohl nichts! Kind drohen? Das würde nur den Konflikt verschärfen. Ich merkte, dass ich hier auf Granit biss.

Also ging ich zu Denis und entschuldigte mich für das Verhalten meiner Tochter mit dem Hinweis auf ihre Unausgereiftheit und Pubertät. Gewöhnlich ist Denis ja genauso friedfertig wie ich, und mit ein paar Bierchen und einschmeichelnden Sätzen konnte ich Schlimmeres verhindern.

Zum Schluss waren wir uns einig: Die Männer können sich die schlimmsten Sätze an den Kopf werfen und sind sich deshalb trotzdem nicht böse. Frauen sind da viel empfindlicher, und Ehrlichkeit tut manchmal weh! Nach dem reichlichen Genuss unserer erlaubten Droge Alkohol, verließ Denis lächelnd unser Haus. Nachdem die Tür ins Schloss gefallen war, sang ich das Lied von Grönemeyer: *„Alkohol ist ein Sanitäter in der Not….."*

Anschließend ging ich zu Sara und öffnete die Zimmertüre ohne anzuklopfen. Ich wollte ihr die passenden Worte sagen. Aber ehe ich etwas sagen konnte, schrie mich Sara sofort an: *„Was fällt dir überhaupt ein? Warum klopfst Du nicht an? Ist dir etwa Dein Nachbar lieber als die Wahrheit oder deine eigene Tochter?"*

Sie war sehr aufgebracht und ich habe sie so noch nicht erlebt. Ich reagierte wohl etwas über und rief nun erzürnt: *„Es ist immer noch unser Haus und Du musst keine Miete zahlen. Und außerdem möchte ich mit unseren Nachbarn in Frieden leben!"*

Ich war wohl etwas laut geworden und Sara schrie mich jetzt an: *„Dann zieh ich eben aus! Ihr werdet schon sehen!"*

Sie rannte an mir vorbei ins Bad und schloss sich ein. Dort schimpfte sie wütend vor sich hin. Ich war wohl dieses Mal zur falschen Zeit am falschen Ort und mein Pädagogikstudium hat mir in diesem Fall auch nichts gebracht. Also ging ich zu Eva ins Bett. Sie hatte offensichtlich von unserer Auseinandersetzung nichts mitbekommen und war im tiefsten Schlaf. Aufgewühlt konnte ich nicht einschlafen, es gibt Situationen, die braucht man nicht!

Allerdings wusste ich da noch nicht, dass es am nächsten Tag eine schlechte Überraschung geben würde und die Probleme eher größer als kleiner wurden.

Große Aufregung

Diese Nacht war für mich nicht sehr erholsam, ich war wohl zu aufgeregt. Gegen Morgen muss ich eingeschlafen sein. Als ich aufstand, war Eva schon weg. Ich hatte heute nur zwei Stunden zu halten. Eine Klasse war zur Exkursion.

Als ich nach 8 Uhr die Küche betrat, war es anders als gewöhnlich. Das Chaos war nicht so schlimm. Scheinbar hatte Sara aus Protest nichts gegessen.

Als ich aus der Schule kam, war es erst um die Mittagszeit. Schwiemu erwartete mich schon an der Haustüre mit bösem Blick. Sie sagte zu mir vorwurfsvoll: *„Sara war heute nicht in der Schule und oben ist sie auch nicht!"*

„Woher weißt du das?", fragte ich sie.

„Ihre Lehrerin hat heute Morgen angerufen und hat nach ihr gefragt." Für Schwiemu ist es selbstverständlich, an unser Telefon zu gehen,

wenn wir nicht zu Hause sind. Aber dieses Mal war ich ihr sehr dankbar und sagte zu ihr: „Danke, ich werde mal herumtelefonieren, irgendwo muss sie ja sein!" Trotzdem hatte ich ein flaues Gefühl im Magen. Ich ging hoch in ihr Zimmer. Der Schulrucksack stand in der Ecke, er war fertig gepackt. Ich öffnete ihren Kleiderschrank. Der Reiserucksack war weg. Jetzt machte ich mir wirklich Gedanken. Weit kann sie nicht sein. Eigentlich hat sie ja nicht viel Geld, um große Reisen zu machen. Ich wählte die Telefonnummer ihres Handys. Es kam die Ansage: *„Der Teilnehmer ist momentan nicht erreichbar!"* Das war leider Fehlanzeige. Ich telefonierte im Dorf herum und rief die mir bekannten Eltern ihrer Schulkameraden an. Aber niemand hatte Sara gesehen. Später rief ich bei allen mir bekannten Freundinnen von Sara an. Keine Freundin wusste etwas. Vielleicht sagen sie mir auch nicht die Wahrheit? Ich rief Eva an, aber konnte ich sie nicht erreichen, vielleicht war sie in einer Besprechung oder in einem Kundengespräch!
Wo könnte Sara noch sein? Hat sie vielleicht einen Freund? Der soll sie ja laut Schwimu knutschend vor unserem Haus verabschieden.

Ich machte mir Gedanken! Ist sie vielleicht per Anhalter in die Ferne gefahren? Nicht alle Menschen sind gut! Die Bildzeitung ist voller Horrorgeschichten! Aber hier bei uns, in der ländlichen Idylle? Gibt es hier Bösewichte, die Sara etwas antun könnten? In meinem Kopf spielten sich unschöne Szenarien ab! Soll ich sie als vermisst melden? Sie muss in der Nacht oder heute früh am Morgen verschwunden sein. Ich fuhr mit dem Auto durch unseren Ort und zu ihrer Schule. Schaute überall, sogar hinter jeder Bushaltestelle, aber von Sara gab es keine Spur.

Als ich wieder zu Hause war, klingelte das Telefon. Ich rannte hin und nahm den Hörer ab. Seltsam, keine Nummer wurde angezeigt. Außer Atem meldete ich mich mit „*Loos*". Der Anrufer klang etwas irre. „*Fahren sie nach Vacha, zu Ledermia, dort ist die Liebesinsel und Sara!*" Dann legte er auf.

Normalerweise lassen mich solche seltsamen Anrufe kalt, aber dieses Mal lief mir ein Schauer über meinen Rücken. Was soll das? Wer war das? Wer ist Ledermia? Woher kennt er Sara?

Ich setzte mich sofort in das Auto und fuhr in die kleine Stadt Vacha. Dort gibt es tatsächlich eine Liebesinsel. Ein Bach verzweigt sich in zwei Bachläufen und fließt dann wieder zusammen. Dadurch entstand eine Art Insel. Auf ihr und im kleinen Park hinter dem Friedhof flanieren Spaziergänger bei gutem Wetter. Nachdem ich mein Auto auf dem Friedhofsparkplatz abgestellt hatte, ging ich zur Liebesinsel. Scheinbar war ungeeignetes Wetter. Hier war keine Spur von Sara!

Ich lief eine Runde in dem kleinen Park, aber ohne Erfolg. Wer ist Ledermia? Hier gibt es ein kleines Lederfachgeschäft, oder ist das etwa schon geschlossen? Verzweifelt ging ich zu meinem Auto und da sah ich Menschen auf dem Friedhof. Die werde ich einfach fragen!

Auf dem Friedhof war geschäftiges Treiben. Viele ältere Frauen schleppten emsig Gießkannen. Aber auch einzelne grauhaarige oder glatzköpfige Männer gab es hier. Einige waren in ihre Unterhaltung vertieft. Es sah aus wie eine Disco der Älteren während der Pause. Ich ging zu einer alten Dame, die vor einem Grab stand. Ihr Kopf hing leicht nach unten und sie hatte einen lustigen grünen Hut auf. Ich fragte Sie: *„Entschuldigen Sie bitte, wissen sie, wo die Ledermia ist?"*

Sie antwortete: *„Was? Was wollen Sie?"*

Ich wiederholte etwas lauter „*Die Ledermia?*"
Sie nickte wissend mit dem Kopf und sagte
besonders laut: „*Schreien Sie doch nicht so!*"
Sie zeigte in Richtung Liebesinsel und rief:
„*Zwei Reihen weiter, dort sind Leda und Mia!*"
Die grauen Wölfe waren schon aufmerksam
geworden und schauten zu uns. Es war, als ob
ein Fremder in ihr Revier eingedrungen wäre,
um die Weibchen zu erobern. Aber ich sah
keine Ledermia und fragte noch einmal: „*Wo?*"
Sie antwortete: „*Gehen Sie doch einfach zwei Reihen weiter nach unten, dort werden sie schon sehen!*" Nun gab sie mir einen kleinen Schubs.
Ich ging zwei Reihen weiter in der gezeigten
Richtung und dort waren viele Gräber. Wieder
schaute ich zu der alten Dame und sie zeigte
nach links. Also ging ich in der Gräberreihe
nach links und tatsächlich. Da waren zwei
Gräber, die hat sie sicher gemeint. Auf dem
einen Grabstein stand ganz in Gold deutlich
„*Leda*" und auf dem Nachbarstein „*Mia*".
Ich sprach zu mir selbst: „*Das kann der ominöse
Anrufer unmöglich gemeint haben? Da muss etwas
Anderes sein! Aber was?*"
Ich schaute mich um und sah, dass mich viele
Leute beobachteten. Mir wurde klar, dass ich
hier wohl nicht weiterkommen würde.

Ich beschloss, auf den Markt zu fahren. Der ist mitten im Zentrum und dort werde ich wieder fragen. Gesagt, getan. Ich fuhr zum Markt und stellte das Auto ab. Hier waren viele Leute, die konnte ich fragen. Ich ging zu einer Frau in meinem Alter und trug mein Anliegen vor: *„Entschuldigen Sie bitte, können sie mir sagen, wo ich die Ledermia finde?"*
Die Frau bekam einen hochroten Kopf und ehe ich mich versah, bekam ich eine Ohrfeige von ihr. Dann bewegte sie sich im Laufschritt von mir weg, als ob ich eine sehr ansteckende Krankheit hätte. Da sagte eine mir bekannte Stimme: *„Tag, Herr Los! Sie sind wohl zum Einkaufen hier?"* Ich musste kurz überlegen, aber dann machte es klick im Hirn: Das war ein ehemaliger Schüler von mir. *„Hallo Tim! Wie gehts?"* Wir führten einen Smalltalk und anschließend fragte ich ihn danach, wo ich die Ledermia finde. Er grinste über beide Ohren und zeigte auf die andere Seite des Marktes. *„Sehen Sie dort drüben die alte Brauerei? Rechts neben dem Gebäude ist eine sehr schmale Gasse. Durch diese Gasse gehen sie bis zum Ende. Dann nach links und dann die nächste Gasse wieder nach oben. Dort ist ein großes Scheunentor. Und dort finden sie die Ledermia."*

Endlich hatte ich eine konkrete Spur. Ich bedankte mich und ging über den Markt zu der *„alten Brauerei."* Hier war tatsächlich ein schmaler Weg, nur ca. 60 cm breit zwischen den Häusern. Ich lief durch diese schmale Gasse. Hier war es geheimnisvoll, es passt nur eine Person hindurch. Wenn jemand entgegenkommen würde, könnte man schwerlich aneinander vorbei gehen.

Wie beschrieben lief ich zweimal links und da sah ich schon das große Scheunentor.

Oben am Tor war ein roter Stern angebracht, der leuchtete. Im Tor war eine Tür und als ich diese öffnete, stand ich im Hof des Anwesens. Hinter einer Tür leuchtete eine Lichterkette aus roten Sternen. Als ich diese Tür öffnete, konnte ich meinen Augen kaum trauen.

In einer Ecke kniete ein splitternackter Mann auf allen Vieren. Er trug ein Halsband wie ein Hund und war an einem Balken angebunden. Seine Glatze glänzte rosa wie sein nackter Po im Dämmerlicht. Lediglich etwas Stroh war unter ihm ausgebreitet, um ihm das Lagern erträglich zu machen. Er stand da auf allen Vieren, wie ein Kind, was Tier im Stall spielt. Das war schon ein recht außergewöhnlicher Anblick! Ich ging zu ihm und sagte:

„Ich binde sie los!"

Erst jetzt merkte ich, dass sein Halsband mit einem Schloss gesichert war. Das Losbinden war nicht ohne weiteres möglich! Er schaute mich von unten wie ein Hund mit seinen großen, runden Augen an und sagte: *„Lassen sie mich in Ruhe, Herr Loos! Ich werde bestraft!"*

Ich sah ihm ins Gesicht und konnte es kaum fassen. Das war doch der Herr Stahl. Der Oberstudienrat Stahl, mein Chef! Das hatte ich natürlich nicht erwartet. Offenbar war er hier freiwillig angebunden worden.

Ich stammelte: *„Was machen sie denn hier?"*

Er schaute mich strafend an. *„Was denken sie denn? Und was machen sie hier, Loos?"*

Ohne eine Antwort zu erwarten, sprach er weiter. *„Ich erwarte, dass sie die Klappe halten! Geht das klar?"*

„Natürlich, Herr Stahl, ich schweige wie ein Grab!" Er schien zufrieden und sagte:

„Die Herrin ist hinten!" und blickte mit dem Kopf in die Richtung einer Türe am Ende der Scheune.

Ich fragte: *„Sie meinen die Ledermia?"*

Er nickte nur.

„Ist das hier SM?"

Jetzt schaute mich der Herr Stahl verdutzt an, offensichtlich fühlte er sich von mir verarscht. Ohne eine Antwort zu bekommen, ging ich durch die hintere Tür. Ich schüttelte nur den Kopf und dachte: Der Herr Stahl ist in der Schule stahlhart. Schon interessant, ihn in dieser Position zu sehen! Als ich eine kleine Treppe nach oben ging, hörte ich die Befehle einer Frau mit tiefer Stimme.

Sie sagte: *„Knie nieder und lecke Deiner Herrin die Füße!"*

Ich schaute durch die geöffnete Tür und sah einen Raum mit mittelalterlich aussehenden Folterelementen. Große Ketten und Eisenzangen hingen an der Wand. In der Mitte des Raumes war ein großer Holztisch mit am Ende befestigten Seilen. An seinem oberen Ende war eine Winde. Es sah aus wie eine Streckbank. Daneben stand eine Frau. Sie war nur leicht mit einer Leder-Corsage bekleidet, die vorne geschnürt war. Ihr Höschen war sehr knapp, dafür schienen ihre Beine in den schwarzen Lederstiefeln umso länger zu sein. Vor ihr kniete tatsächlich ein Riesenkerl. Man sah ihm seine Kraft auch im Knien an. Die Frau schaute zu mir und fragte herrisch:

„Was willst Du Sklave hier?"

Ich fragte devot: *„Sind Sie die Ledermia?"*
„Was willst Du von mir?", antwortete sie.
Da trat von hinten eine junge Frau aus dem Schatten hervor. Sie war auch mit schwarzen Lederklamotten bekleidet, aber war nicht so leicht bekleidet wie die Ledermia. Außerdem trug sie eine Ledermaske und sagte:
„Komm mit nach hinten!"
Das war Sara, ganz eindeutig. Endlich! Auch wenn sie verkleidet war, ich erkannte ihre Stimme! Ich wollte meine wieder gefunden Tochter umarmen, aber das war wohl hier der falsche Ort und der falsche Zeitpunkt. Sie ging in den hinteren Raum und ich folgte ihr. Hier war eine ganz normale Küche. Sara schloss die Türe hinter uns und zog ihre Ledermaske ab.
Ich fragte so wenig vorwurfsvoll wie möglich:
„Was machst Du denn hier? Ich suche Dich schon den ganzen Tag!"
Ihre Antwort war kurz und bestimmend:
„Ich bin jetzt fast 18 Jahre alt und ich komme heute Abend nach Hause. Wenn Du jetzt den Aufstand machst, dann schmeiß ich das Abi hin und ziehe hier nach Vacha zu meiner Freundin! Sie braucht Verstärkung in ihrem SM-Studio!"
Ungläubig schüttelte ich den Kopf:
„Hauptsache, du lebst, ich bin froh, dass dir nichts passiert ist!"

Sara schaute mich nun etwas versöhnlicher an und ließ es sogar zu, dass ich sie kurz in den Arm nahm und drückte.

Dann schob sie mich leicht von sich weg und sagte: *„Ich will das hier nur ausprobieren! Du hast doch gesagt, dass ich mich erst einmal ausprobieren soll. Ich soll doch ein Praktikum machen. Das hier ist mein Praktikum! Es ist absolut sauber, es gibt keinen Sex und man kann viel Geld verdienen! Du musst keine Angst um mich haben!"*

Die Tatsachen hatten mich überrollt. *„Du kommst aber bestimmt heute Abend nach Hause?"*

Sara wusste, dass sie nun gewonnen hatte und sagte nun: *„Ja, aber nur, wenn es dort keinen Zoff gibt!"*

Ich nickte nur und sie schob mich etwas in den hinteren Teil der Küche und verabschiedete mich mit den Worten: *„Geh bitte hier hinten raus, und sag bitte kein Wort, auch nicht zu Mama oder Hertha! Versprichst du mir das?"*

Wieder nickte ich nur und fragte noch einmal: *„Du kommst aber heute Abend garantiert nach Hause?"*

Sara nickte auch und schloss die Türe hinter mir. Ich konnte das alles noch nicht so richtig fassen. Meine Tochter, eine Domina? Aber sie muss ihren eigenen Weg gehen. Jetzt brauche ich nicht mehr damit anzufangen sie ändern zu wollen. Vielleicht wird alles noch ganz anders? Wenn aber Domina ihr Lieblingsberuf ist, warum soll sie es nicht tun? Aber erst einmal soll sie ihr Abitur machen!

Das Überraschungsei

In den folgenden Tagen passierte nichts Besonderes. Wie versprochen hatte ich Eva nichts von Saras Verschwinden und ihrem Praktikumsplatz erzählt. Sara verschwand gewöhnlich nach der Schule von zu Hause und fuhr vermutlich zu ihrem „Praktikum". Am späten Abend war sie jedoch immer zu Hause. Günther war wegen des Fußballs sehr oft unterwegs. An einem Abend kam es dann faustdick. Das Überraschungsei!
Es war gegen 17 Uhr. Eva war noch unterwegs und unsere Kinder waren ausnahmsweise in ihren Zimmern. Wie immer tönte laute Musik aus ihren Räumen.
Vermutlich lagen sie im Internet surfend auf ihren Betten. Da klingelte es an der Haustüre. Es war unsere Klingel, nicht die von den Schwiegereltern.

Ich öffnete die Tür und sah einen jungen Mann. Er war ca. 25 Jahre alt, und fragte mich freundlich: *„Sind sie Herr Loos?"*

In meinem Hirn durchforstete ich die Gesichter meiner Schüler der letzten Jahre. Das Gesicht kam mir bekannt vor, aber ich konnte ihm keinen Namen zuordnen.

„Ja, ich bin der Herr Loos! Das steht ja auch ganz eindeutig auf der Klingel. Um was geht es?"

Der junge Mann war sehr aufgeregt. Er biss sich ständig auf die Lippen und verlagerte sein Gewicht abwechselnd von einem Bein auf das andere und wippte hin und her.

Ich wiederholte meine Frage: *„Um was geht es denn nun?"*

Er stammelte: *„Wenn sie der Herr Loos sind, dann sind sie mein leiblicher Vater!"*

Ich warf die Türe zu und schimpfte vor mich hin: *„Solche blöden Arschlöcher, die lassen sich immer wieder neue Maschen einfallen! Der Abschluss von Zeitungs- oder Telefon Abos reicht denen wohl nicht mehr!"*

Ich war auf dem Weg zurück in die Küche, da klingelte es schon wieder. Ich war geladen und wollte dem Mann die Meinung geigen. Doch als ich die Türe öffnete, sagt er:

„Kennen Sie Anne Stein?"

Nun war ich verdutzt, Anne Stein war meine ehemalige Studienkollegin und zwischen uns war auch so eine kleine Liebelei am Ende des Studiums. Eigentlich war es niemals etwas Ernstes, wir waren damals nur jung und geil und da hat es eben gepasst, miteinander zu schlafen. Das war nur ein *„One Night Stand"*, keine wirkliche Liebesbeziehung. Jetzt hatte es mir die Stimme verschlagen und ich konnte nicht mehr vernünftig reden und stammelte: *„Was ist mit Anne Stein?"* Jetzt sprudelten die Worte nur so aus dem jungen Mann heraus und er rief: *„Anne Stein heißt meine Mutter!"*
Aufgrund der neuen Situation wurde mir ganz heiß und ich sagte: *„Kommen Sie rein!"* Ich führte den jungen Mann in unser Wohn-zimmer und bot ihm einen Platz an.
Seine Sprachlosigkeit war wie weggeblasen, als er erzählte: *„Ich habe keinerlei finanzielle Interessen, ich möchte nur meinen leiblichen Vater kennenlernen, und das sind nun sie!"*
Er erzählte mir von Anne und ihrem Mann. Sein Vater, also der Mann seiner Mutter, sei nicht sein leiblicher Vater.
Die Worte prasselten nur so aus ihm heraus. Er erzählte mir seine Lebensgeschichte, über seine Kindheit, die Schule und das Studium.

Ich musste keine Fragen stellen. Er redete fast ohne Luft zu holen und ununterbrochen. Nachdem ich etwas zur Besinnung gekommen war, unterbrach ich seinen Redefluss:
„Wie sind sie eigentlich darauf gekommen, dass ich ihr Vater bin?"
Er erzählte, dass er das schon lange gemerkt hat und dass er mit dem Mann seiner Mutter wenige Gemeinsamkeiten hat. Eines Tages hat er durch Zufall das Tagebuch seiner Mutter gefunden. Darin war ich erwähnt. Sogar die aktuelle Telefonnummer und meine Adresse waren durch Anne ergänzt worden. In dem Tagebuch würden tatsächlich etliche Details aus Annes Leben stehen. Erst habe er sich nicht getraut, seine Mutter nach ihrer Vergangenheit zu fragen, denn sein Vater war gut zu ihm und es hat ihm nicht an väterlicher Liebe gefehlt. Seine Eltern hatten ihn im Glauben gelassen, dass er von ihm sei.
„Und wie kommen sie darauf, dass sie nicht das Kind ihres Vaters, also von Annes Mann, sind?"
„Meine Mutter hat Blutgruppe A und mein Vater hat auch Blutgruppe A. Ich habe jedoch Blutgruppe B! Das hat sich bei einer Blutspendeaktion herausgestellt."
„Und das bedeutet, dass sie nicht das Kind ihres Vaters sein können? Sie wissen, was ich meine?"

Mit ernstem Gesicht bejahte er es und erzählte mir, dass es zu Hause nach seiner Entdeckung der nicht passenden Blutgruppen viel Stress gab.

Der Vater war natürlich über diese Nachricht nicht sonderlich erbaut, er war immer der Meinung, dass das Kind von ihm sei. Allerdings wollte er, dass das Verhältnis zu seinem Sohn so bleibt wie es ist, er ist nur mit Anne im Streit, weil sie ihn hintergangen hat.

Nach der Feststellung der Blutgruppe traute er sich nun auch, seine Mutter nach ihrem Tagebuch und Herrn Loos zu befragen. Dann hat sie ihm alles gestanden und auf die Frage, ob der Otto Loos sein wirklicher Vater sei, hat sie dann unter Tränen mit *„Ja!"* geantwortet.

Jetzt war ich platt. Kann ja passieren! Aber es ist nicht alltäglich! Ich habe einen erwachsenen Sohn von heute auf morgen bekommen. Einfach so aus dem Nichts!

Wir schwiegen uns einen Moment an, doch dann fragte ich ihn: *„Wie heißt du eigentlich?"*

Er antwortete: *„Sebastian, ich bin der Sebastin Oder!"* Ich muss ihn wohl blöd angeschaut haben, denn er ergänzte: *„Ich heiße nicht Stein, das ist der Geburtsname meiner Mutter!"*

Ich sagte: *„Ist ja klar"*, obwohl ich eben einen Blackout hatte und er mir das wahrscheinlich angesehen hat. Den Nachnamen ‚Oder' hatte ich vorher noch nie gehört. Er schien meine Gedanken zu lesen und erklärte mir:

„Den Nachnamen ‚Oder' gibt es hier in der Gegend vermutlich nicht, jedoch ist er weltweit verbreitet und alleine in Deutschland gibt es ihn ungefähr 800 Mal."

Eigentlich war mir das jetzt unwichtig, denn ich war von der neuen Situation sehr überrascht und fragte ihn:

„Möchten Sie was trinken?" *„Bitte ein Wasser!"*

Ist Medium ok?" Ich ging zum Kühlschrank und goss zwei Gläser Wasser ein. Wir stießen mit Wasser an. Er bot mir eine Zigarette an und obwohl ich Nichtraucher bin, rauchten wir erst einmal eine Zigarette zusammen auf der Terrasse. Er sagte: *„Ich möchte ihnen keinen Stress bereiten, wollte nur meinen leiblichen Vater kennenlernen!"*

Nach zwei Zigaretten und einem Gläschen Schnaps fasste ich mich wieder und erklärte:

„Ich hoffe, sie verstehen das: Ich bin jetzt über diese Neuigkeit sehr überrascht und muss das Ganze erst einmal verdauen. Gewöhnlich dauert das Vaterwerden 9 Monate. Da hat man genug Zeit, sich darauf vorzubereiten und zu freuen."

Er nickte und antwortete: *„Ich kann sie da voll verstehen, denn mir ging es ja ähnlich mit meiner Entdeckung!"*
Wir unterhielten uns dann noch über Anne und seine Familie und über seine bisherige Ausbildung und seine Pläne. Sebastian schien ein cleverer Bursche zu sein, und das erfüllte mich ein bisschen mit Stolz. Nach gut zwei Stunden Unterhaltung verabschiedete sich mein neuer Sohn sich mit den Worten:
„Ich will sie aber jetzt nicht länger aufhalten! Hier ist meine Handynummer. Wenn sie Lust haben, können sie mich gerne mal anrufen! Ich bin fast immer erreichbar!"
Dann reichte er mir seine Visitenkarte und ich nahm sie gerne an. Zum Abschied wiederholte ich noch einmal: *„Du musst entschuldigen, ich muss das alles erstmal kapieren. Normalerweise wird man ja nicht von einer Minute auf die andere Vater!"*
Er nickte wohlwollend, nahm seine Jacke über den Arm und ging zur Türe. Zum Abschied gaben wir uns die Hände und drückten uns kurz. Da kam mein Schwiegermonster die Treppe runter. Sebastian rief nur *„Tschüss"* und ließ die Türe hinter sich ins Schloss fallen. Schwiegermonster fragte mich scheinheilig:

„Wer war denn das?" Hatte sie etwa an der Türe gelauscht? Das wäre nicht das erste Mal.

Ich antwortete: *„Der Junge ist der Sohn einer ehemaligen Studienkollegin! Und er wollte mich was fragen."* Damit hatte ich ja nicht gelogen. Gott sei Dank hörte ich Evas Auto. Ich sagte: *„Eva kommt!",* und ging nach draußen, um sie zu empfangen. Eva kam aber nicht alleine. Marco saß mit bei ihr im Auto. Beide stiegen gleichzeitig aus. Marco ging auf die andere Seite des Autos zu Eva und sagte:

„Vielen Dank für das Mitnehmen!"

Anschließend umarmte er sie zum Abschied und ihr schien das nicht unangenehm. In dem Moment dachte ich: Mein Freund Marco ist ja gar nicht so ungalant! Jedoch war jetzt mein neues Problem: Wie bringe ich es Eva bei, dass ich noch einen zweiten Sohn habe, der aber schon erwachsen und nicht von ihr ist? Soll ich vielleicht sagen:

„Ich bin eben überraschend Vater geworden. Es war nur ein Verkehrsunfall kurz vor dem Ende des Studiums. Ist nicht böse gemeint und ich hatte nur ein einziges Mal Sex mit seiner Mutter. Eigentlich haben wir uns nie wirklich geliebt. Wir waren nur jung, dumm und geil! Und der Sex im April auf der harten Parkbank mit meiner Studienkollegin war damals auch nicht besonders erotisch!"

So ein Mist, das kommt garantiert nicht gut an! Ich hatte Glück, sie war sehr hungrig, und beim Decken des Tisches für das Abendessen konnte ich mich erst einmal fassen und etwas abreagieren. Sie war redselig und erzählte mir endlich mal wieder von ihrem Arbeitstag. Bei einer Flasche Wein zum Nachtisch schauten wir dann gemeinsam fern und ich beschloss, einen günstigeren Zeitpunkt abzuwarten. Momentan stehen die Sterne für Geständnisse dieser Art nicht besonders günstig. Ich werde es ihr morgen sagen!

Evas Geheimnis

Es gingen einige Wochen ins Land. Schwieva wollte zur Entziehung und hatte sogar kurzfristig einen Termin bekommen. Schwiemu wollte mit dem Bus und einigen Mitgliedern der Kirchgemeinde nach Lourdes fahren und freute sich auf ihre Reise, und ich freute mich auch darauf, dass sie für ein paar Tage weg sein würde. Allerdings fiel mir auf, dass ich zur gleichen Zeit zu einer Fortbildung nach Erfurt muss. Mist, das wäre ja so schön gewesen, ein paar Tage ohne Schwimu sind

wie Urlaub für mich! Allerdings stand dieser Termin leider schon länger und unabänderbar fest. Eva war merklich kühler zu mir, sie hatte keine Lust auf Sex, weil sie angeblich viel Stress an der Arbeit hatte. Ich fragte sie, ob denn alles zwischen uns in Ordnung ist oder ob sie mich gar nicht mehr liebt. So richtig wollte sie nicht mit mir reden. Da klingelte ihr Handy. Sie ging ran und ich merkte, wie sich ihr Gesicht aufhellte, als sie sagte:
„Ich bin noch nicht dazu gekommen, aber ich rufe sie umgehend zurück!“
Da war etwas in ihren Augen, was ich so lange vermisst hatte, die Glückseligkeit in ihrem Blick nach dem Anruf war nicht zu verbergen.
Da stimmte etwas nicht! Kurz darauf ging sie zu ihrem Auto, angeblich um einen Ordner zu holen. Es ist nicht meine Art, aber ich schlich ihr hinterher. Sie setzte sich in ihr Auto und rief jemanden an. Ich sah ihre Gesichtszüge, sie schien dabei entspannt und froh. Leider konnte ich kein Wort verstehen, so rannte ich schnell um das Haus und hinter dem Carport war ich ganz nah an ihrem Auto. Jetzt konnte ich sie genau verstehen. Allerdings hat mir das nicht viel genützt, denn sie sagte nur noch:
„Ich dich auch! Bis dann!“

Was bedeutet das:

"Ich dich auch, bis dann!" Das hörte sich sehr verdächtig an und jetzt war ich wirklich sehr misstrauisch, jedoch hatte mein Versuch, mich mit ihr auszusprechen, nichts gebracht. Was sollte ich nun tun? Abwarten? Mein Blutdruck stieg, ich spürte meinen Herzschlag am Hals, mein Kopf drohte zu platzen. Sie hat einen anderen, das wurde mir nun endgültig klar. Wie ein Computer ratterte ich alle unsere gemeinsamen Bekannten durch. Denis? Marco? Ein anderer aus dem Dorf? Marco! Das kann nicht sein. Oder doch? Er ist doch neulich mit Eva im Auto gefahren. Und sie haben sich zum Abschied gedrückt. Nein, ich kann mir das nicht vorstellen. Marco tut mir das nicht an! Aus dem Dorf kommt eigentlich keiner in Frage. Vielleicht einer ihrer Arbeitskollegen oder Kunden? Sie hat ja viel mit Männern zu tun. Jetzt wusste ich es. Sie hat eine Liaison mit ihrem Chef. Der ist zwar 15 Jahre älter, aber spielt das eine Rolle? Frauen stehen auf erfolgreiche Männer! Außerdem ist er ja ihr Chef, vielleicht ihr Schlüssel zum Erfolg? Durch Hochbumsen ist ja schon so mancher kometenhafter Aufstieg entstanden. Klar, der ist es, es muss wohl ihr Chef sein! Der Kerl ist

zwar verheiratet, aber was bedeutet das schon? Deswegen sind wir auch zum Essen eingeladen worden. Sie wollten einander nahe sein. Und garantiert deswegen war sie auch so lange mit ihm in seinem Büro in der oberen Etage verschwunden, als wir bei den Krauses eingeladen waren. Ich bin außerordentlich doof, warum war mir das nicht schon früher aufgefallen? In den nächsten Tagen war ich wie durch den Wind. Ich war durcheinander und konfus. Ich grübelte und grübelte, meine Gedanken kreisten immer wieder um Eva und den Krause. Da weckte mich Schwiemonster aus meinen Gedanken auf. Sie teilte mir am Mittwochabend Schwiemu mit, dass ich sie am Donnerstag um 13 Uhr in der Stadt Vacha mit dem Auto abholen muss. Sie fragte nicht: *„Kannst Du mich bitte in Vacha abholen?"*
Nein, sie formulierte den Satz als Forderung ohne Widerspruchsrechte. Sie wollte dort zum Wochenmarkt, um einige Einkäufe für die Fahrt nach Lourdes zu erledigen. Ich dachte mir: Ehe es zum Streit kommt und sie wieder einen ihrer beliebten Hustenanfälle bekommt, sage ich einfach ja. Also willigte ich sofort ein. Ich hatte am Donnerstag früher Schulschluss. Wie versprochen fuhr ich nach der Schule in

Richtung Vacha, in *„die bunte Stadt vor der Rhön"*. Ich fuhr nicht sehr konzentriert. Eva ging mir nicht aus dem Kopf. Was sollte ich nur tun? In einer Linkskurve kurz vor Vacha passierte es. Ich fuhr zu schnell in die Kurve und war wohl dabei etwas auf die Gegenfahrbahn geraten. Das Auto im Gegenverkehr gab noch Lichthupe, dann gab es einen kurzen Knall und mein linker Außenspiegel flog in großem Bogen durch die Luft. Ich bremste und hielt an. Aber das gegnerische Unfallfahrzeug setzte einfach seine Fahrt fort. Es verschwand nach der Kurve. Die Straße war durch das Wäldchen nicht weiter einsehbar. Auf der Straße lagen Teile meines Spiegels, aber auch Splitter von dem Spiegel des anderen Autos. Mir war klar, dass ich alleine an dem Unfall schuld war, ich war einfach unkonzentriert. Der würde sicher gleich zurückkommen, konnte in der Kurve nicht anhalten. So dachte ich. Ich wartete ein paar Minuten, aber das Auto kam nicht zurück. Wenn ich jetzt einfach weiterfahre, dann ist das eine Unfallflucht. Also wendete ich und fuhr zurück in Richtung des anderen Autos. Allerdings war nach der Kurve weit und breit kein Fahrzeug zu sehen. Der muss einfach weitergefahren sein! Was

nun? Unfallflüchtiger will ich nicht sein! War er etwa unter Alkohol oder Drogen oder war ohne Führerschein unterwegs? Komisch war das schon. Ich rief die Polizei an und meldete den Unfall. Keine zwei Minuten später stand ein Polizeiauto vor mir. Die müssen in der Nähe gewesen sein. Zwei Polizisten stiegen aus. Aber nur einer sprach mit mir. Der andere war mit Rauchen beschäftigt. Ich schilderte den Vorgang und der Polizist schüttelte nur mit dem Kopf und forderte mich auf:
„Bitte geben sie mir ihren Führerschein und die Fahrzeugpapiere."
Er kontrollierte die Papiere in seinem Wagen und dann kam er wieder zurück. Er sah sich meinen verbeulten Wagen an und sagte:
„Na, der hat wohl schon bessere Zeiten gesehen!"
Was sollte ich dazu sagen? Ehe ich antwortete, forderte er mich auf, in das Gerät zu pusten. Alkoholkontrolle! Gehorsam pustete ich wie befohlen. Null komma null Alkohol, ich hatte ja nichts getrunken. Er schaute mir tief in die Augen. Ich sagte: *„Ich nehme keine Drogen!"*
Er schüttelte wieder mit dem Kopf und sagte:
„Sie haben gegen das Rechtsfahrgebot verstoßen. Das kostet sie 35 Euro und sie bekommen zwei Punkte in Flensburg."

Ich log ihn an und flunkerte: Ich habe kein Geld dabei. Das hat mir allerdings auch nicht weitergeholfen.

Er sagte: *„Das ist kein Problem. Wir senden ihnen einen Bußgeldbescheid nach Hause zu!"*

Nun fragte ich: *„Und was machen wir nun wegen dem Unfall?"*

Er schaute mich lächelnd an. *„Machen Sie sich darum keine Sorgen! Sie haben doch sicher keine Kaskoversicherung? Also können sie sowieso keine Ansprüche stelle!"*

Woher er das nur wusste? Ich nickte und er fuhr fort: *„Wir füllen jetzt kein Unfallprotokoll aus. Wir waren ja hier und sie haben auch ihre Pflicht getan!"*

Scheinbar hatten die keine Lust zum Schreiben oder waren zu faul. Ich ärgerte mich darüber, dass ich überhaupt die Polizei gerufen hatte. Vielleicht hat der auch gedacht, dass ich nicht mehr ganz dicht bin? Egal, glücklich ist, wer vergisst, was nicht mehr zu ändern ist! Das ist einer meiner Leitsprüche. Warum soll ich mich ärgern? Trotzdem war das komisch! Ich fragte mich wieder: Warum ist der andere einfach so weitergefahren? Hatte der Fahrer vielleicht getrunken oder hatte er den Wagen gestohlen? Das war alles außergewöhnlich und seltsam! So bekommt er garantiert seinen Schaden nicht von meiner Versicherung ersetzt! Irgendetwas hat da garantiert nicht gestimmt!

Jetzt wurde mir klar, dass ich das dann auch nicht meiner Versicherung melden muss und dann logischerweise auch nicht hochgestuft werde. Dieser Gedanke zauberte mir nun ein Lächeln ins Gesicht und ich freute mich über diese weise Erkenntnis! Die Kunst des Lebens besteht darin, dass man jedem Moment das Beste abgewinnen kann. Warum auch ärgern? Niemand ist verletzt und die Autos sind noch fahrbar, das hätte alles viel, viel schlimmer ausgehen können! Also setzte ich mich hinter das Lenkrad und fuhr weiter nach Vacha. Jetzt ohne weitere Zwischenfälle! Nachdem ich das Auto abgestellt hatte, lief ich zum Markt. Vor dem Rathaus befindet sich der Vitusbrunnen. Er plätscherte fröhlich vor sich hin, aber im Brunnen war kaum Wasser zu sehen. Er war über und über mit Schaum gefüllt. Ein Witzbold muss wohl Waschpulver hineingekippt haben. Etliche Menschen standen vor Ständen mit Feinkost, am Bratwurststand oder beim Gemüsehändler. Dort drüben ist die Gasse in Richtung des Dominastudios. Ob wohl wieder mein Chef, der Herr Stahl, dort ist und sich quälen lässt? Bei diesem Gedanken musste ich lächeln! Ich kannte den Stahl immer nur als Diktator in der Schule, einer, der immer meint, im Recht zu sein. Dass er sich aber von einer Domina erniedrigen lässt, finde ich ziemlich witzig! Dann fiel mir aber der eigentliche Sinn meiner Fahrt nach Vacha wieder ein: Ich sollte mein Schwiemonster abholen. Aber wie sollte ich sie in der riesigen Menschenmasse finden? Ich ging auf dem Markt auf und ab. Keine Spur von Hertha. Dagegen sah ich meinen Chef, den Oberstudienrat Stahl, in der kleinen Gasse verschwinden. Ich lächelte, der ging wieder zur Ledermia. Vielleicht wird er auch von Sara gequält? Domina ist ja doch kein schlechter Beruf! Vielleicht hat Sara auch was von Hertha? Ich musste bei dem Gedanken lachen, dass Sara mir ihre Maske leiht und ich mir die Stiefel von dem Stahl lecken lasse! Der Chef leckt mir die Stiefel! Grinsend lief ich weiter hin und her. Endlich sah ich Hertha in einem Café sitzen. Sie winkte mir zu. Ich ging zu ihr in das Café und als ich sie begrüßte und fragte: *„Hast Du schon lange gewartet?"*, war ihre Antwort nur kurz und herrisch:

„Du bist eine Stunde zu spät und grins nicht so blöd!" Ihre Tischnachbarin, eine ältere Dame aus unserem Ort, fragte mich freundlich:

„Fahren sie nach Hause? Können Sie und würden sie mich mitnehmen?"

Ehe ich ihr antworten konnte, kam mir Hertha zuvor: *„Nein, wir sind schon voll!"*, und zu mir gewandt: *„Hier sind meine Taschen, die musst du tragen!"*

Ich nahm ihre Tragetaschen und als wir aus dem Café gingen, sagte ich zu Hertha:

„Mein Auto ist doch nicht voll, warum wollen wir sie denn nicht mitnehmen?"

Hertha antwortete barsch: *„Die hat doch ein steifes Bein, die will nur vorne sitzen. Das geht aber nicht, dort sitz doch ich!"*

Widerspruch zwecklos. Ich schluckte meine Antwort runter und hatte ja im Moment auch andere Sorgen!

Wir liefen zum Auto und nach einer halben Stunde Folter, in der ich permanent durch die unangenehme Stimme von Hertha seelisch misshandelt wurde, waren wir zuhause in Bremdorf. Gott sei Dank hat sie nichts von meinem abgerissenen Außenspiegel bemerkt! Am Abend kam Eva wieder mal spät und verschmähte meinen gedeckten Tisch zum Abendessen. Sie hatte keinen Hunger und wollte nur noch in die Badewanne und in das Bett. Sie sagte nur lapidar zu mir:

„Am Freitag muss ich zu einer wichtigen Tagung nach Frankfurt und muss bis Sonntagabend dortbleiben. Dr. Krause kann den Termin leider nicht wahrnehmen. Deshalb soll ich hinfahren.
Dort sind wichtige Leute der Firma. M. & T. Das sind wichtige Kunden von uns. Es geht darum, Kontakte zu knüpfen. Dr. Krause hat gesagt, ich habe einen sehr wichtigen Job zu machen und er hat vollstes Vertrauen zu mir!"

Mir stockte jetzt der Atem. Bisher war ich stolz darauf, dass Eva einen so guten Kontakt zu Dr. Krause hat, aber nun sah ich alles in einem anderen Licht. Was sollte ich ihr antworten? Klar wollte sie mit dem Dr. Krause ein schönes gemeinsames Wochenende im Hotel verbringen. Aber wie sollte ich das jetzt verhindern?

Ich sagte nur zu ihr: *„Wenn das dich beruflich weiterbringt, musst du diese Chance natürlich wahrnehmen."*

In der nächsten Minute schämte ich mich schon wieder für meine Feigheit. Warum lasse ich mir das gefallen? Weshalb spreche ich sie nicht direkt darauf an? Aber was sollte ich auch sagen? Vermutungen nützen hier nichts und wahrscheinlich hätte sie mir auch nicht die Wahrheit gesagt. Inzwischen war Eva schon im Badezimmer verschwunden und entgegen ihren Gewohnheiten verriegelte sie sogar die Tür von innen. Eigentlich wollte ich noch Aufgaben meiner Schüler durchsehen, aber das konnte ich nicht mehr, denn ich war durcheinander. In der Nacht konnte ich nicht schlafen, die Gedanken quälten mich und ich wälzte mich unruhig hin und her. Erst am Morgen schlief ich ein. Am Freitagmorgen war Eva zeitig aufgestanden und ehe ich wach war, war sie schon unterwegs. Zeitung lesend saß ich nun alleine am Kaffeetisch. Das ist der einzige Vorteil, wenn man alleine frühstückt. Man muss auf niemanden Rücksicht nehmen. Allerdings hat man dann keinen zum Reden. Der Frühstückskaffee schmeckte mir überhaupt nicht und mein Marmeladebrötchen aß ich nur zur Hälfte. Dann fiel es auf den Fußboden. Natürlich fiel es auf die Marmeladenseite, das war doch klar. Das ist ein schönes Forschungsthema. Warum fallen Brötchen immer auf die geschmierte Seite? Ich nahm den Aufwaschlappen aus der Spüle und wischte die Sauerei vom Fußboden auf. Wenn das Eva wüsste! Mit dem Aufwaschlappen den Fußboden gewischt. Für mich war es aber nicht bedeutsam, denn wir haben ja keine Haustiere und demzufolge ist der Dreck auch von uns, er wird uns sicher nicht umbringen!

160

Außerdem, bei uns ist es doch nicht dreckig! Supersauber ist es sicher hier auch nicht, aber weshalb soll man sich mit übertriebener Reinheit den Tag versauen? Man bekommt nur Allergien oder Pickel, wenn das Immunsystem nicht regelmäßig trainiert wird! Wie sagt mein Freund Marco immer so schön:

„Solange die Ratten beim Wegrennen nicht am Küchenfußboden kleben bleiben, ist es nicht schmutzig."

Als ich fertig war, las ich weiter Zeitung, aber eine Fliege belästigte mich. Ich kann Fliegen nicht leiden. Wahrscheinlich wissen die das. Sie setzen sich außergewöhnlich oft auf meine Nase oder fliegen ganz nah an meinem Ohr vorbei. Sind Fliegen auch Haustiere? Ich versuchte, sie zu fangen, aber das gemeine Ding war mir immer zwei Züge voraus. Scheinbar konnte sie meine Gedanken lesen. Als ich beim dritten Versuch flach mit der Hand über den Tisch fegte, warf ich die Kaffeetasse um. Ich hasse diese Fliege! Der Tisch war nun voll mit Kaffee und da wir keine Tischdecke haben, lief die Brühe an der einen Tischseite herunter. Natürlich an der Seite, an der ich saß. Ich sprang auf und bemühte wieder den Aufwaschlappen. Dieses Mal als Wäschereiniger für meine Hose, dann als Tischlappen und für den Fußboden. Die Fliesen spiegelten jetzt schon außergewöhnlich! Kaffee soll ein guter Reiniger sein. Vielleicht bin ich ja ein Erfinder? Da saß dieses Fliegenmiststück doch schon wieder auf dem Tisch. Ich ließ den Lappen fallen und fing die Fliege. Ich staunte über mich selbst, dass es dieses Mal geklappt hatte. Die Leiche warf ich mit Schwung aus dem Fenster und jetzt war ich stolz auf mich. Trotz dieses triumphalen Erfolges dachte ich immer wieder an Eva. Wie kommen wir wieder aus dieser Nummer raus? Soll ich ihr verzeihen oder soll ich mich von ihr trennen? Wird sie sich von mir trennen? Fragen über Fragen und Denken in Schleifen. Eigentlich möchte ich nicht aus unserem schönen Haus ausziehen! Uns verbindet doch Einiges! Nicht zuletzt haben wir doch zwei gemeinsame Kinder. Wenn sie sich von dem Kerl trennt, werde ich ihr verzeihen! Wer ist es nur? Die quälende Ungewissheit raubte mir den Restverstand! Ich wachte aus meiner Fantasiewelt auf, denn ein Blick auf die Uhr genügte und ich merkte, dass ich nun leider in Zeitnot war, obwohl der Unterricht erst um 09.30 Uhr begann. Ich knöpfte mir die Jacke im Gehen zu, rannte zum Auto und fuhr mit quietschenden Reifen los. Dabei rammte ich versehentlich unsere Mülltonne, aber es war nichts passiert. Der Kunststoff ist weich und mein Auto ist hart, regelmäßig trainiert und außerdem ist es Rempler gewohnt. Nach 500 m Fahrt fiel mir auf, dass ich die Schlüssel von den Klassenräumen vergessen hatte. Ich wollte nicht schon wieder meine Kollegen bitten, dass sie mir die Klassenräume aufschließen. Also fuhr ich wieder zurück, rannte in die Wohnung und hatte Glück. Die Schlüssel lagen noch auf dem Küchentisch. Beim Wenden des Autos war mir unsere Mülltonne wieder im Weg. Dieses Mal bekam sie einen dicken Rempler von hinten. Egal, denn es gibt viel Schlimmeres, trotzdem hatte ich jetzt große Lust, frontal gegen unsere Mülltonne zu fahren oder mit 100 gegen einen unschuldigen Baum? Ob Eva deshalb traurig wäre? Ich fuhr viel zu schnell, aber das war mir jetzt egal. Da blitzte es, ein Lichtblitz blendete mich kurz. Geschwindigkeitskontrolle! Das war der feste Blitzer! Ich bin so was von blöd. Fahre jeden Tag hier lang. Von diesem ortsfesten Blitzer geblitzt zu werden, bedeutet Blödheit hoch drei. Ich haute mir mehrfach gegen die Stirn und rief dabei:

*„Scheiße, ich bin doch so blöd, ein Riesenhornochse,
zu allem unfähig!"*
Als ich endlich an der Schule ankam, hatte es
schon zur Stunde geläutet. Na, prima, unser
Direktor, der Oberstudienrat Stahl, erwartete
mich schon auf der Treppe mit den Worten:
„Na, Herr Loos, wieder mal zu spät?"
Ich murmelte nur: *„Tut mir leid, ich hatte nur
meine Schlüssel vergessen!"*
Trotzdem konnte ich es mir nicht verkneifen
und fragte ihn provokatorisch:
*„Herr Stahl, sehen wir uns heute Abend vielleicht
wieder mal in Vacha?"*
Er schaute mich strafend an: *„Loos, werden Sie
jetzt nicht frech!"*
Nach dieser kurzen Unterredung rannte ich,
gleichzeitig zwei Stufen nehmend, die Treppe
nach oben auf den Flur. Da standen nun meine
Schüler vor dem Klassenraum, grinsten mich
an und mancher schaute auch provozierend
auf seine Uhr. Egal! Ich rief *„Guten Morgen"*,
und schloss den Klassenraum auf.
In den Gesichtern meiner Schüler sah ich ein
breites, hämisches Grinsen. Nein, es war heute
anders als an gewöhnlichen Freitagen, kein
typisches   Wochenendevorbereitungsgrinsen!
Wussten sie etwa etwas von meinem Besuch
bei der Domina in Vacha oder wussten sie

mehr als ich über Eva und ihren Kerl, den Dr. Krause oder wer es auch immer ist? Andererseits: Woher sollen sie das denn wissen? Evas Firma ist 30 km weit entfernt in der Stadt. Dort wird nicht so getratscht...... oder vielleicht doch? Vielleicht arbeitet einer von den Eltern dort? In der Firma ist es sicherlich ein Thema, wenn der Krause meine Frau bumst. Jetzt wurde mir klar: Natürlich, der Martin..... der Vater von Martin arbeitet in Evas Firma. Der Martin weiß Bescheid. Ich blickte ihm tief in die Augen, aber er hielt meinem Blick stand und zeigte dabei keinerlei Reaktion. Ist der so cool oder weiß er nichts? *„Wir beginnen heute mit einer Übung!"* Ich schrieb die Seiten an die Tafel, auf denen die Übungsaufgaben stehen. Während meine Schüler die Aufgaben lösten, dachte ich an Eva. Ist sie schon in Frankfurt?

Das Treffen im Hotel

Das Wochenende war wieder einmal zum In-die-Tonne-hauen. Am Samstagmorgen erfolgte das Wecken durch Schwiemu. Sie hat wirklich Angst, dass man mal entspannt. Sie polterte mehrfach die Treppe nach unten und wieder hinauf und führte laut Selbstgespräche.

Das weckt sogar einen Bären aus dem Winterschlaf! Im Halbschlaf dachte ich an Marcos Gewehr. Das lag immer noch in meinem Auto. Damit könnte ich unser Leben ändern! Aber das bleibt natürlich nicht folgenlos. Ich dachte an die Dinos, an eine Trickfilmserie. Bei den Dinos war es üblich, dass die Schwiegermutter nach Erreichen eines bestimmten Alters ins Moor geworfen wurde. Die Partei, die diese Regelung in ihr Wahlprogramm aufnehmen würde, würde ich wählen! In der Fernsehserie hatte der Dinoschwiegersohn den Termin sehnlichst erwartet, um seine Schwiegermutter endlich vom   Felsen in das Moor zu werfen. Allerdings hatte er großes Pech. Kurz vor dem Termin wurde diese hervorragende Regelung außer Kraft gesetzt. Im Halbschlaf träumte ich, dass ich mit Hertha auf die Felsen stieg. Sie lachte laut, schien sich sogar darauf zu freuen! Ihr Poltern auf der Treppe riss mich nun endgültig aus dem Schlaf. Nachdem sie mich wach gemacht hatte und alles Augen zu fitzen sinnlos war, stand ich um 08 Uhr auf. Ich machte mir ein liebloses Frühstück. Trank meinen Kaffee halb im Stehen und halb im Laufen und aß ein nicht schmeckendes Käsebrot mit dem Käse, der längst überfällig war.

So sind wir eben. Männer! Männer möchten nichts verkommen lassen und nichts wegwerfen. Lieber gehen sie anschließend aufs Klo, wenn das Essen doch nicht mehr ganz so gut war. Aber Wegwerfen kommt nicht in Frage! Dabei musste meine Generation niemals einen Krieg erleben und es gab immer überreichlich zu Essen. Trotzdem sind wir Männer sparsam. Ist das nun Fluch oder Tugend? Ich nahm die Zeitung zur Hand und schmökerte genüsslich. Hier stand wieder mal ein Bericht über das aktuelle Jahrhunderthochwasser, das einige Gebäude überflutet hatte und dadurch viele Familien ihre Häuser verlassen mussten. Die haben andere Probleme als überlagerten Käse! Alleine frühstücken macht wirklich keinen Spaß. Unsere Kinder schlafen wie Murmeltiere und ich denke unsinnige Gedanken! Eva war jetzt in Frankfurt, falls das stimmte! War sie wirklich in Frankfurt? Ich hatte keine Ahnung! Erst einmal die Küche aufräumen und durchsaugen. Beschäftigung bringt einen auf andere Gedanken und die hatte ich jetzt nötig! Der Staubsaugerbeutel war nach dem Saugen voll und ich nahm ihn, um ihn zur Mülltonne zu bringen. Als ich in den Garten ging, fiel mir ein weißer Zettel auf. Er lag in einer Hecke, vom Winde verweht. Bestimmt wieder mal eine Telefonnummer von Sara oder ein Code für ein Spiel von Günther, dachte ich. Die zwei sind ziemlich schlampig, lassen immer wieder mal was fallen, was sie in dem Moment nicht benötigen, oder sie haben den Zettel einfach verloren. Mit meinen Händen konnte ich den Zettel nicht aus der stacheligen Hecke fischen. Also holte ich einen Rechen und ärgerte mich über den Verursacher der Unordnung im Geräteschuppen. Endlich hatte ich diesen Zettel in der Hand. Als ich ihn auseinandergefaltet hatte, las ich folgende Sätze:

„Wir treffen uns am Samstagabend im Hotel Sächsischer Hof in Meiningen. Ich habe schon ein Zimmer reserviert. Ich freue mich auf Dich. Ich liebe Dich! Ich umarme und küsse Dich innig. Dein Großer!"

Wer schreibt denn so etwas? Der Schreiber hatte eine außerordentlich schlecht lesbare Schrift. Ist er vielleicht ziemlich alt oder Arzt? Manche Ärzte haben auch eine sehr wilde Art zu schreiben. Da fiel mir ein, dass ich ja auch ein Kritzler war, habe mich dann nach dem Studium bemüht, damit meine Schüler mein Gekritzel lesen können.

„Ich küsse und umarme dich innig."

Ist es ein Liebesbrief für Sara? Niemals! Die treffen sich doch nicht in einem Hotel in einer fremden Stadt! Schlagartig wurde mir die Dramatik klar. Dieser Zettel war für Eva! Es war ein kleiner weißer Notizzettel mit großer Wirkung. Sie muss ihn verloren haben, als sie den Autoschlüssel aus ihrer Tasche gekramt hatte. Mir lief ein eiskalter Schauer über den Rücken! Hier habe ich es schwarz auf weiß! Sie ist nicht in Frankfurt, sie ist in Meiningen. Aber warum trifft sie sich erst am Samstag mit ihrem Lover? Sie ist doch schon gestern auf Dienstreise gegangen? Vielleicht war sie ja tatsächlich am Freitag dienstlich unterwegs, aber heute Abend werde ich sie in Meiningen überraschen! Die Handschrift auf dem Zettel muss von einem Mann sein, Frauen schreiben ordentlicher! Aber heute Abend weiß ich mehr! Der Tag verging in Zeitlupe, ich brachte nichts Vernünftiges zustande und fühlte mich krank. Alle paar Minuten sah ich auf die Uhr. Die Zeiger bewegten sich kaum von der Stelle. Am frühen Nachmittag ging Schwiemu aufge-takelt wie ein brünstiger Schwan aus dem Haus und warf mir zum Abschied einen ver-ächtlichen Blick zu. Normalerweise freue ich mich, wenn sie aus dem Haus geht, aber heute

wollte nicht die richtige Freude aufkommen. Kurz nach ihr verabschiedeten sich die Kinder nacheinander mit einem „*Tschüß*" von mir.
Sie gehen ihre eigenen Wege und ich blickte wieder auf die Uhr. Am Abend? Wann ist „*am Abend*"? Damit ich nicht zu spät kam, fuhr ich um 16 Uhr los und war keine Stunde später in Meiningen. Wie soll ich es anstellen, Eva in flagranti zu ertappen? Ich stellte das Auto weit weg in einer Seitenstraße ab, damit Eva es auf keinen Fall sieht. Dann lief ich immer wieder im Kreis um das Viertel, in dem das Hotel steht. Ich drehte mich immer wieder um und suchte nach Eva oder Dr. Krause, schaute aber auch nach verdächtigen Männern, die alleine unterwegs waren. Wie ein Spion im Feindesland schlich ich um die Häuserecken und suchte Deckung hinter Autos oder allem, was dazu geeignet war. Dabei dachte ich immer wieder an Eva, aber sinnvolle und klare Gedanken konnte ich nicht fassen. Irgendwann begriff ich: Das Herumlaufen bringt nichts. Ich muss in das Hotel. Es ist ja erst 17.30 Uhr, da werden sie doch noch nicht im Hotel sein? Frage ich an der Rezeption, ob Frau Loos schon angekommen ist? Nein, das wird nichts bringen, ihr Lover hat sich sicher unter

falschem Namen angemeldet und Eva läuft
undercover. Das Hotel hat nur diesen einen
Eingang in Richtung Straße. Da muss Eva auf
jeden Fall hineingehen. Und die Gaststube ist
auch in Richtung Straße. Von dort kann man
den Hoteleingang observieren. Außerdem:
Falls sie schon im Zimmer ist, wird sie sicher
zum Abendessen in den Gastraum kommen.
Endlich hatte ich einen Plan und ging an der
Rezeption vorbei in den Gastraum. Es waren
noch etliche Tische frei. Ich war ja auch sehr
früh hier, die Abendgäste kommen sicher erst
später. Der Gastraum war, wie das Hotel, sehr
nobel. Die Wandvertäfelung aus gutem altem
Holz verbreitete gleichzeitig Gemütlichkeit
und Noblesse. Ich suchte mir einen kleinen
Tisch am Fenster aus, etwas verdeckt hinter
einem Pfeiler. Von hier aus kann ich den Hoteleingang und den Eingang des Gastraumes
beobachten, ohne aufzufallen. Wenigstens bei
der Wahl des Platzes hatte ich Glück! Der
Ober kam auch sofort mit der Karte und fragte
sehr freundlich. *„Darf ich Ihnen denn schon ein
Getränk bringen?“*
Meine Antwort: *„Bitte einen kleinen Moment, ich
möchte mir erst mal die Karte anschauen“*,

quittierte er mit den Worten: *„Sehr gerne, selbstverständlich"*, und trottete davon. Er wippte immer beim Laufen von einer Seite auf die andere und machte dabei riesengroße Schritte. Er war sozusagen ein Schrittmacher. Eigentlich hatte ich weder Durst noch Hunger, ich wollte nur endlich wissen, wer *„der Große"* ist. Man kann aber nicht in einer Gaststätte sitzen und nur Löcher in die Luft starren. Also bestellte ich ein Bier, als der Ober wieder nach meinen Wünschen fragte. Und um etwas Zeit zu gewinnen, sagte ich: *„Ich esse dann später!"*
Der nette Kellner brachte mir unverzüglich das frisch gezapfte Pils und eintreffende Gäste hielten ihn erst einmal in Schach. Jetzt hatte ich Zeit gewonnen. Auf der ersten Innenseite der Karte stand:
„Seien Sie bitte nett zu den Kellnern, Personal ist heute schwieriger zu bekommen als Gäste!"
Dieser Spruch zauberte mir kurz ein Lächeln ins Gesicht und ich stieß mit mir selbst an. Zunächst hatte ich keine weitere Nachfrage zu erwarten, was ich essen möchte. Einige Paare bevölkerten das Lokal. Dass sie längere Zeit zusammen sein mussten, erkannte ich daran, dass so mancher Mann seine Frau fragte: *„Wollen wir uns vielleicht hier hinsetzen?"* Aber

die Angetrauten hatten in der Regel andere Vorstellungen bezüglich der Sitzplatzwahl. Manche Frau möchte nicht in der Nähe der Türe sitzen, weil es dort zieht. Andere wollen in die Nähe der Toilette, damit der Weg nicht so weit ist. Aber Hauptsache, der Tisch ist ein anderer Tisch als ihn der Partner vorgeschlagen hat. Ein weiteres Zeichen für eine längere Beziehung ist, dass diese Paare nicht oder kaum miteinander sprechen und gelangweilt herumsitzen. Wenn dann die Ehegattin oder der Gatte noch das Handy aus der Tasche holt und sich mit jemandem über das Wetter oder andere unwichtige Dinge unterhält und der Partner bzw. die Partnerin derweil die Augen verdreht und man den steigenden Blutdruck an der Gesichtsfarbe erkennt, dann ist das auch ein sicheres Zeichen für eine längere Ehe. Allerdings gibt es auch andere interessante Beobachtungen im Lokal. Zum Beispiel sitzen so manche Männer und Frauen gemeinsam an einem Tisch als Paar, jeder hat sein Handy in der Hand und beschäftigt sich damit, schreibt Whats-App-Nachrichten oder nutzt andere Dienste. Das betrifft leider sehr oft jüngere Paare im gemeinsamen TikTok-Glück. Bei den älteren Handynutzern sind wahrscheinlich die

aktuelle Wettervorhersage, Sparangebote oder
Fußballergebnisse das Ziel und die Auslöser
von besonderen Glücksgefühlen in der ehelichen oder nichtehelichen Beziehung! Ich saß
alleine rum und beobachtete die Gäste, dachte
aber immer wieder an Eva. Warum ist es mit
uns nur so weit gekommen? So manche frisch
verliebten Paare turtelten lächelnd miteinander. An ihren verliebten Blicken war unschwer
zu erkennen, dass sie noch vor dem Einlochen
standen oder es noch nicht zu einer Gewohn-
heit geworden war.
Da kam ein großer Mann in den Gastraum. Ein
sehr großer 2-m-Mann! Der muss es sein!
Dann ist es doch nicht Evas Chef. Er lief erst
zu meinem Tisch, weil er dachte, dass er frei
ist, aber als er mich sah, drehte er sich um und
suchte einen freien Tisch am anderen Ende des
Raumes. Er hatte mich gesehen, aber offensichtlich wusste er nicht, dass ich Evas Mann
bin. Diese Runde wäre erst einmal gewonnen.
Eva wird ihm doch sicher keine Bilder ihres
Mannes oder der Familie gezeigt haben! Das
wäre ziemlich unsinnig!
Meine Anspannung steigerte sich. Der Kerl
hatte eine athletische Figur und wirkte stark.
Er hatte bombastische Muskeln und einen

174

Blick wie ein boxender Zuhälter. Dass sich Eva einen so Primitiven ausgesucht hat, hätte ich nicht gedacht.

Inzwischen waren alle Tische besetzt, bis auf den einen Tisch neben dem boxenden Zuhälter. Dort stand groß ein Schild „Reserviert". Natürlich waren an den Tischen noch viele Stühle unbesetzt, denn in der ersten Runde fragt kaum jemand: „Ist hier noch etwas frei?" Nun betraten zwei sehr auffällig geschminkte Damen das Lokal und schauten sich suchend um. Der Zuhälter winkte ihnen zu und sie setzten sich zielgerichtet zu ihm. Das fand ich ziemlich seltsam, wenn er der Lover von Eva sein sollte! Inzwischen hatte ich mein zweites Bier vor mir und noch nichts gegessen. Der Alkohol stieg mir langsam zu Kopf. Trotzdem ließ ich den Eingangsbereich des Hotels nicht aus den Augen. Jetzt betrat eine rassige Frau in meinem Alter das Hotel. Sie kam in den Gastraum und ging sofort zu mir an den Tisch. Sie lächelte mich an und fragte:

„Ist hier noch etwas frei?"

„Selbstverständlich!", antwortete ich. Sie zog ihre Jacke aus, warf sie über den Stuhl und setzte sich mir gegenüber. Diese Frau strahlte unbegrenztes Selbstvertrauen aus. Sie hatte

einen kurzen Rock an und ihre Strumpfhose zeigte mehr von ihren langen Beinen, als sie verdeckte. Ihr T-Shirt mit Strasssteinchen betonte ihre Weiblichkeit. Mit verwegenem Blick schaute sie mich mit ihren Rehaugen an und fragte: *„Darf ich die Karte haben?"*
Ich antwortete *„Selbstverständlich!"*,
und ärgerte mich im selben Moment über meine Antwort. Sie musste denken, dass ich blöd bin und nur selbstverständlich sagen kann. Wenn ich ihr aber sagen würde, dass ich eigentlich hier bin, um meine Frau in flagranti zu erwischen, denkt sie wirklich, dass ich ein Idiot bin.

Also lächelte ich, so gut es mir möglich war, und fragte sie: *„Sind sie aus Meiningen?"*
Sie spitzte ihre roten Lippen und antwortete bereitwillig: *„Ja, ich bin aus Meiningen und bin Musikerin."*
Um das in Gang gekommene Gespräch weiter zu füttern, heuchelte ich: *„Sehr interessant! Wirklich, sehr interessant! Was spielen sie oder sind sie eine Sängerin?"*
Meine Schamoffensive kam offensichtlich sehr gut an, denn sie grinste nun über ihr ganzes Gesicht und antwortete: *„Ich bin Solosängerin und momentan am Theater in Meiningen."*

Sie wusste, dass sie etwas Besonderes ist. Ihr Stolz war in ihrem Blick einer Diva zu sehen.
„Und wo sind sie her?" Nun brachte sie mich total durcheinander.
„Ich, ich bin aus Bremdorf."
„Oh, Bremdorf", sie lächelte.
„Kennen Sie Bremdorf?"
„Nein, kenne ich nicht, hört sich aber nicht sehr groß an! Wo liegt Bremdorf?"
Ich antwortete: *„In Südwestthüringen, in der Rhön, im Dreiländereck von Hessen, Bayern und Thüringen."*
Diese Frau hatte keinerlei Berührungsängste und fragte: *„Und was führt sie nach Meiningen?"*
Ich fühlte mich ertappt und merkte, wie mein Puls rasant zulegte. Die jetzt aufsteigende Röte in meinem Gesicht verursachte Wärmewellen in meinem Körper, jedoch wollte ich ihr aber auf keinen Fall die Wahrheit sagen: *„Ich bin durch einen Zufall hier, bin ein bisschen durch die Gegend gefahren und hier gelandet."*
Leider ging nun die peinliche Befragung in das nächste Level: *„Haben sie ein Motorrad?"*
Mir fiel nichts Besseres ein und antwortete *„Ja!"* Im nächsten Moment bereute ich schon wieder meine vorschnelle Lüge, als sie sagte: *„Ich liebe Motorräder, was fahren sie für eine Maschine?"* Sie hatte mich nun voll erwischt!

„*Eine BMW*", schwindelte ich. Auch das war wieder die falsche Antwort, denn jetzt wollte sie Details hören: „*Was für eine BMW fahren sie?*" Ich holte tief Luft und nach einer kurzen Pause antwortete ich: „*Ich weiß es nicht!*"
In diesem Moment kam endlich der Kellner und befreite mich aus meinem Lügenhaus mit der Frage: „*Was darf ich ihnen bringen?*"
Sie bestellte sich ein Steak und ein großes Bier. „*Für mich das Gleiche!*"
Eigentlich hatte ich weder Hunger noch Durst, aber die Situation forderte von mir eine schnelle Entscheidung. Kaum war der Kellner wieder gegangen, erneuerte sie ihre Frage: „*Was für eine BMW fahren sie? Das müssen sie doch wissen!*"
Ich hatte leider in der Zwischenzeit weder den Eingangsbereich des Hotels, noch die Eingangstür des Restaurants überwacht. Zu sehr hatte mich diese Frau in ihren Bann gezogen. „*Ich weiß es wirklich nicht!*"
„*Sie wissen nicht, was für ein Motorrad sie fahren?*"
„*Ja, ich weiß es nicht!*"
Das war wohl die falsche Antwort. Jetzt war Funkstille. Nach 2 Minuten sagte sie: „*Sie sind ein interessanter Mann, sehr außergewöhnlich!*"
Ich erwiderte: „*Ja, vielleicht!*"

Sie fand mich interessant, Loos, der Loser aus der Rhön, der eigens deshalb in der Kneipe sitzt, um seine Ehefrau zu observieren, wie sie mit einem Anderen fremdgeht. Außerdem, der keine Motorradmarken kennt, aber nur einen zerbeulten Renault einige Straßen um die Ecke geparkt hat, damit niemand merkt, dass er hier ist. Hatte sie meine Gedanken erraten? Nein, denn sie schaute mich respektvoll und verführerisch an. Schon kamen das Essen und das Bier. Wir prosteten uns zu und sie sagte: *„Ich heiße Miriam und du?"*

„Ich bin der Otto, die schönen Namen waren alle, als ich geboren wurde!"

Sie griente mich an: *„Das ist doch ein außergewöhnlicher, sehr schöner Name!"*

Wir unterhielten uns während des Essens und fast hätte ich vergessen, weshalb ich hier war.

Sie erzählte von ihrem Orchester und von Konzerten und fand meinen Beruf als Lehrer auch sehr interessant. Eigentlich wollte ich keinen Alkohol trinken, ich musste ja noch fahren. Dennoch langten wir beide richtig zu. Ich merkte, dass ich schon leicht angesäuselt war, und spürte das dringende Bedürfnis, zur Toilette zu gehen. Ich entschuldigte mich bei Miriam. Als ich aufstand und mich umdrehte,

sah ich zwei Tische weiter die Lösung meines Rätsels: Meine Schwiemu saß an diesem Tisch. Ich kenne ihre schwarze, dörfliche Anzugsordnung aus dem letzten Jahrhundert nur zu gut! Gott sei Dank saß sie nicht mit ihrer Blickrichtung zu mir. Ich traute meinen Augen nicht! Neben ihr saß unser Pfarrer, der nicht klein ist. Er saß direkt neben ihr, Händchen haltend. Das ist also *„der Große!"* Scheinbar haben Pfarrer auch Bedürfnisse. Warum auch nicht? Wenn der Überdruck im System zu groß wird, erscheint sogar meine Schwiegermutter als weißer Schwan, auch wenn sie eher einem Gorillaweibchen ähnelt! Ich ließ mich wieder auf meinen Stuhl fallen. Nun rückte Miriam mit ihrem Stuhl zu mir herüber, nahm mich in die Arme und küsste mich. Ich musste es mir gefallen lassen, denn sie flüsterte mir im nächsten Moment leise zu: *„Entschuldige bitte, ich möchte jemanden eifersüchtig machen!"*
Alles war unwirklich, ich küsste jetzt Miriam, meine Schwiegermutter machte dort mit dem Pfarrer rum, und ich musste dringend aufs Klo und konnte nicht, weil Schwiemu mich nicht entdecken durfte. Das Gute an der Sache war natürlich, dass Eva offensichtlich unschuldig war. Ich Idiot hatte sie zu Unrecht verdächtigt.

Da klingelte mein Smartphone. Normalerweise habe ich es immer ausgeschaltet, aber dummerweise war heute alles unnormal. Ich sah Evas Bild auf dem Display. Sie lächelte mich an. Schnell drückte ich den Anruf weg, ehe Schwiemu mein Klingelton auffiel. Aber sie merkte nichts. Sie war viel zu sehr mit ihrem Pfarrer beschäftigt.

„Wen möchtest Du eifersüchtig machen?", fragte ich erleichtert Miriam.

Sie zeigte mit den Augen auf den boxenden Zuhälter, der mit zwei Mädchen gleichzeitig zu flirten schien.

„Er war mein Freund und hat mich verlassen und jetzt möchte ich es ihm zeigen!"

Da kam der Ober mit zwei Bieren und fragte: *„Nehmen wir noch eins?"*

Miriam antwortete für mich mit: *„Ja, wir nehmen noch eins!"*

Ehe ich widersprechen konnte, hatte ich das nächste Bier.

Die Liebe macht manchmal verrückt. Was tue ich eigentlich hier? Ich warte auf meine Frau, die kommt aber nicht, weil sie nicht wie erwartet fremdgeht. Dafür betrinke ich mich mit einer Geigerin und küsse sie auch noch! Mein Druck in der Blase war jetzt fast nicht mehr

auszuhalten. Der Kellner kam und fragte: *„Darf ich ihnen vielleicht noch was bringen?"*
Ich antwortete: *„Für mich nicht, ich möchte zahlen."*
Miriam schloss sich mir an.
„Für mich auch nicht."
„Zahlen sie zusammen oder getrennt?" Ich sagte: *„Zusammen!"*
Miriam hatte mir ja irgendwie Glück gebracht!
Sie sagte: *„Vielen Dank, das musst du aber nicht!"*
Ich entgegnete: *„Ich weiß, aber du bist heute für mich mein Glücksengel!"*
Sie schaute mich fragend an, allerdings war mir nun klar, dass es unsinnig wäre, ihr die ganze Geschichte zu erklären. Nun fragte sie: *„Gibst Du mir Deine Nummer?"*
Ich weiß nicht, warum ich es tat. Aber ich antworte: *„Ja, aber draußen. Ich mag keine einge- schalteten Handys in Gaststätten."*
Wieder lächelte sie mich verführerisch an. Der Ober kam, ich bezahlte und stand nun wieder vor meinem nächsten Problem. Wie komme ich hier raus, ohne dass Schwiemu mich sieht? Dann überlegte ich kurz, sie wird sicher nichts verraten, sie ist ja auch verheiratet und der Ruf des Pfarrers steht auf dem Spiel. Außerdem hatte ich keine Wahl, meine Blase drohte zu

bersten. Wir nickten uns zum Gehen zu und standen auf. Ich nahm Miriam an die rechte Hand und wir gingen wie selbstverständlich gemeinsam am Tisch meiner Schwiemu vorbei nach draußen. Vermutlich hatte sie nichts bemerkt, aber das war mir in diesem Moment fast egal. Als die Tür geschlossen war, rief ich Miriam nur zu: *„Entschuldige, ich muss mal ganz dringend!"*, und verschwand auf dem Klo. Miriam wartete vor dem Hotel auf mich. Draußen riefen wir uns dann gegenseitig kurz an und speicherten die Nummern. Sie fragte: *„Sehen wir uns wieder? Oder willst Du noch einen Kaffee bei mir trinken? Ich wohne gleich um die Ecke."* Die Idee war nicht schlecht! Vielleicht wirkt der Kaffee und macht mich nüchterner. Ich musste ja noch fahren.
„Ja, ein Kaffee wäre nicht schlecht."
Miriam hakte sich bei mir ein und nun gingen wir in leichten Schlangenlinien zu ihr. Sie wohnte in einem großen Haus in der Altstadt. Wir gingen einige Treppen nach oben und dann schloss sie ihre Wohnungstüre auf. In ihrer Wohnung erwartete uns ein wildes Durcheinander. Im Flur stand ein Tisch mitten im Weg mit aufgeschlagenen Büchern, Noten, leeren und vollen Flaschen. Wir mussten uns

nacheinander an ihm vorbeizwängen. Im Rest
der Wohnung sah es auch nicht viel besser
aus. Auf dem Boden lagen Zeitungen, Kleider,
leere Flaschen und sogar ein Bügeleisen. Ich
stellte wohl die falsche Frage:
„Bist Du erst eingezogen?"
Sie lachte laut auf und sagte: *„Nein, ich wohne
seit gut fünf Jahren hier, bin aber noch nicht zum
Aufräumen gekommen!"*
 Die falsche Frage schien ihr nichts auszu-
machen. Nun warf sie die Zeitschriften und
Bücher, die auf ihrem Sofa im Wohnzimmer
lagen, einfach auf den Fußboden und sagte:
*„Setz Dich! Möchtest du mit Milch, mit Zucker
oder lieber Cappuccino?"*
Ich antwortete: *„Cappuccino, nur mit Zucker."*
Sie warf ihre Maschine an und nach 3 Minuten
saß sie neben mir, aber ohne Kaffee. Sie hielt
eine volle Flasche Calvados und 2 Gläser in
der Hand und sagte: *„Den musst Du unbedingt
probieren!"*
Ehe ich mich versah, hatte ich ein Gläschen
Calvados in der Hand und Miriam stieß mit
mir an. Meine Worte: *„Ich muss noch fahren!",*
reizten Miriam zum Lachen. *„Weißt du was du
alles schon getrunken hast? Schlaf bei mir, mein
Sofa ist noch frei."*

Warum eigentlich nicht, dachte ich, das ist auf jeden Fall besser, als noch betrunken Auto zu fahren. Zu Hause wartet niemand auf mich und morgen früh bin ich wieder nüchtern. *„Wenn ich hier schlafen darf?"*
Miriam lachte wieder und stieß mit mir an. Wir quatschten über Gott und die Welt und Miriam goss die Gläser immer wieder voll. Ich merkte, dass sich aus meinem Schwips eine handfeste Trunkenheit entwickelte. Miriam saß mir inzwischen schon fast auf dem Schoß und ihre verführerischen Brüste berührten meine Arme, es war klar, was sie wollte. Ich sagte zu ihr: *„Ich bin verheiratet!"* Sie lachte und sagte: *„Na und? Das macht mir doch nichts aus!"*
Ich versuchte, mein Kontrollwort zu sprechen, um zu testen, ob ich betrunken war. Ich sagte *„Tschinschstegger."* Es ging mir nicht gut über die Lippen. *„Ich bin betrunken!"*, stammelte ich. Miriam lachte. *„Das ist doch schön!"* hauchte sie und zog ihren Pullover aus. Ihr wohlgeformter Busen war zum Greifen nah. Ich war nun auch scharf. Nur mein Anstand hielt mich jetzt noch zurück, ihre Brüste zu küssen. Hoffentlich werde ich nicht schwach!

Da hämmerte jemand wie wild gegen ihre Wohnungstüre. Miriam schaute mich an, legte ihren Zeigefinger auf ihre Lippen und sagte *„Psst!"* Ich war wohl zu besoffen und sagte *„Wie bitte?"*

Da krachte es, das Holz der Wohnungstüre splitterte, die Türe fiel in den Flur. Eine Staubwolke durchzog den Raum und wie im utopischen Film stand in eine Wolke gehüllt der boxende Zuhälter vor uns. Miriam sprang auf und rief: *„Lass ihn in Ruhe, es war nichts!"* Miriams Brust bebte und ihr Busen wippte. Da kam eine Faust direkt in mein Gesicht. Der boxende Zuhälter schlug auf mich ein. Es kam zu einem wilden Durcheinander. Der Zuhälter ging mir an die Wolle und Miriam versuchte, ihn abzuhalten. Dazu schimpfte und fluchte der Zuhälter und Miriam rief immerzu: *„Hört jetzt auf!"*

Beim nächsten Schlag taumelte ich und fiel zu Boden. Dort lag ihr Bügeleisen. Automatisch griff ich danach und hielt es schützend vor mich. Der boxende Zuhälter muss nach dem Bügeleisen geboxt haben, denn es flog durch die Luft und sein Blut spritzte hinterher. Ich fasste in mein Gesicht, das fühlte sich nicht so schlimm blutig an. Da war kein Blut. Jetzt sah

ich die Bescherung. Der boxende Zuhälter stöhnte und fluchte gleichzeitig! Sein Arm war blutüberströmt. Er hatte sich offensichtlich an der scharfen Kante des Bügeleisens so stark verletzt, dass er aufgab. Er war nun mit sich und seinem Schmerz beschäftigt.
Miriam griff mich nun verbal an. Sie schrie hysterisch: *„Guck mal, was Du gemacht hast!"*
In der Zwischenzeit betraten zwei Herren in Uniformen den Raum und musterten die Lage. Ein Nachbar muss die Polizei gerufen haben. Sie sahen den blutüberströmten, boxenden Zuhälter, die auf mich einschimpfende Miriam und erkannten meine Betrunkenheit. Ehe ich mich versah, stand einer rechts und einer links von mir und sie hakten mich ein. Kommen sie mal mit uns!
Ich hatte wohl keine Wahl, aber weil ich nun das Chaos fast unbeschadet verlassen durfte, war ich ihnen unendlich dankbar. Ich sagte: *„Vielen Dank, vielen Dank und zum Sprechtest noch eins, zwei, drei T- Tschinschstegger!"*
Die Polizisten konnten damit nichts anfangen. Einer fragte nur: *„Wollen sie uns beleidigen?"*
„Nein, nein", antwortete ich: *„Ich hab Euch doch alle lieb!"* Nach kurzer Zeit hatten wir ihr Auto erreicht.

Sie verfrachteten mich auf den Rücksitz des Wagens und ich wollte die groteske Situation auflockern, indem ich sagte:
„Sie haben aber ein schönes Auto!"
Aber sie verzogen keine Miene, mein Gag war wie vom Winde verweht. Nun fuhren wir in die Polizeiinspektion. Dort verlangten sie meinen Personalausweis und ehe ich mich versah, lag ich auf einer harten Pritsche in einem gefliesten Raum mit Gitterstäben. Ich dachte nur: Das ist ja mal eine neue Erfahrung und der Tag war alles andere als langweilig! Anstatt Eva zu ertappen, bin ich im Knast gelandet. Erleichtert darüber, dass Eva unschuldig war, lachte ich laut los! Der Widerhall im gefliesten Raum reizte mich dazu, noch mehr zu lachen, und ich fühlte mich wie ein Irrer nach seiner Einlieferung in die Anstalt. Chinchstecker konnte ich immer noch nicht ordentlich sagen und ehe ich mir weitere Gedanken machen konnte, muss ich wohl eingeschlafen sein.
Als ich am nächsten Morgen aufwachte, tat mir mein Rücken von der harten Pritsche weh, in meinem Kopf hämmerte unaufhörlich ein Presslufthammer und ich hatte Hunger. Ein freundlicher Polizist öffnete die Gittertüre und

sagte: *„Guten Morgen, Herr Loos! Wir haben wohl gestern zu viel getrunken!"*
Ich erwiderte: *„Sie also auch!"*
Da verfinsterte sich massiv sein Gesicht und er konterte: *„Werden sie nicht frech!"*
Ich sagte: *„Das war doch nicht so gemeint, ich wollte nur einen Spaß machen!"*
Er verzog keine Miene: *„Kommen sie mit!"*
Wir gingen jetzt in einen Raum mit einem Schreibtisch. Er bot mir einen Stuhl an und nachdem ich mich gesetzt hatte, befragte er mich danach, was am vergangenen Abend passiert war. Ich erzählte ihm von Miriam und ihrem verrückten Freund, und von allem was ich wusste. Über die Spionageaktion nach Eva und das Treffen meiner Schwiemu mit ihrem Beichtvater und Lover schwieg ich natürlich.
Er sagte: *„Sie haben Glück, Herr Haun will sie nicht wegen der gestrigen Körperverletzung anzeigen! Sie müssen nur die Kosten für das Polizeigewahrsam tragen. Sie bekommen eine Rechnung."*
Ich nickte erleichtert.
Nun übergab er mir meinen Personalausweis. Ich traute mich nicht, nach einem Frühstück zu fragen, und machte mich auf den Weg zu meinem Auto. Als ich in der Straße war, wo ich es abgestellt hatte, bekam ich einen großen Schreck. Das Auto war weg! Ich lief die Straße

zweimal auf und ab, es half aber nichts, mein Auto war verschwunden. Ist hier vielleicht Parkverbot? Haben die mich abgeschleppt? Jetzt, wo ich doch gute Beziehungen zur Polizei hatte, nahm ich mein Handy aus der Tasche und wollte gerade den Notruf wählen. Da kam die Erleuchtung! Ich hatte doch mein Auto vor einem Lampengeschäft abgestellt. Wo war das Lampengeschäft? Auch weg? Das kann aber nicht sein. Also bin ich in der falschen Straße. Ich lief den Weg zurück und am Ende der Straße wurde mir klar, dass das Auto in der Parallelstraße steht. Fast rannte ich zu meinem Wagen. Ich war glücklich, als ich die verbeulte Karre sah. Er war unversehrt, soll heißen, es waren keine neuen Schäden hinzugekommen. Ich startete, der Motor heulte auf und ab ging die Fahrt nach Hause.
Hoffentlich muss ich nicht pusten, dachte ich. Ich musste nicht pusten. Gegen Mittag war ich zu Hause. Ich machte mir einen Kaffee und aß stehend am Küchenschrank.
Wann dann Schwiemu zu Hause ankam, weiß ich nicht, aber sie traf am frühen Nachmittag ein. Angeblich war sie, wie immer sonntags, in der Kirche. Ich zog gerade die Werbezeitung aus unserem Briefkasten, da begegneten sich

unsere Blicke. Wie verwandelt hatte sie heute keinen mürrischen Blick und keinen negativen Kommentar gegen mich. Wir tauschten keine unnötigen Worte aus. Es beschränkte sich auf *„Guten Tag!"* Sie schien mich gestern Abend nicht bemerkt zu haben, da war ich mir jetzt ziemlich sicher. Ob sie wohl in ihrem Alter noch Sex hatte? Zu Hause sicher nicht, aber vielleicht mit dem Gottesdiener? Daher kommt die gute Laune! Aber es soll mir egal sein, jeder soll sein Leben nach seinen Vorstellungen leben, und außerdem hat mein Schwiva dann seine Ruhe, er hat sicher keine Lust auf Sex mit diesem Monster!

Während ich in den Zeitungsprospekten schmökerte, kam Günther mit seiner halb heruntergelassenen Hose zu mir in die Küche. Er war ausnahmsweise freundlich, bereitet sich sein Müsli zu, lächelte mich an und fragte: *„Und, Pap, wie gehts? Alles klar?"*

Er will garantiert was von mir, dachte ich. Und ich täuschte mich nicht, denn Günther eröffnete mir, dass er in der folgenden Woche ab Dienstag wegen des Fußballs ins Trainingslager muss. In seiner Schule wüssten sie schon Bescheid und es wäre schon alles vorbereitet. Na prima, die Eltern erfahren das als letzte!

Aber was soll ich dazu sagen? Natürlich freute ich mich, dass sich seine Interessen nicht nur auf Computerspiele beschränken. Seine Worte waren zwar nicht als Frage formuliert, denn er informierte mich nur nebenbei darüber. Trotzdem stimmte ich zu und sagte:
„Das ist ja nicht schlecht, dann lernst Du wieder Spieltricks wie im letzten Jahr!"
Er schien zufrieden und mampfte nun sein Müsli rein. Essenskultur ist das zwar nicht, aber was sollte ich dazu sagen, ich lese ja auch Zeitung beim Essen, aber nur dann, wenn ich alleine bin.
Am Sonntagabend kam Eva wieder nach Hause, aber sie war wortkarg. Das gewohnte Begrüßungsküsschen blieb sie mir schuldig. Ihr Wochenende war außerordentlich stressig, aber erfolgreich, so ihre kurze Botschaft. Sie hatte keine Lust zu reden. Ich verstehe das, wenn man von der Arbeit nach Hause kommt, benötigt man erst einmal eine Ruhepause, in der man ganz einfach nur abspannen möchte. Trotzdem war da eine Wand zwischen uns. Auch wenn Männer manchmal Gefühlsschweine sind, ich merkte, sie war ganz anders als sonst. Aber ich war ja auch anders. Das Abenteuer der letzten Nacht war ja auch mein

Geheimnis. Wie sollte ich es ihr auch erzählen? Das Ganze erscheint unplausibel, denn der Hintergrund war ja sie. Ich wollte sie doch in flagranti ertappen und habe stattdessen meine Schwiegermutter erwischt. Das war eine total verrückte Geschichte!

Aber ungeachtet dessen war wieder eine Spannung zwischen uns. Sie wird wohl doch mit einem anderen Mann das Wochenende verbracht haben, das fühlte ich.

Dann kam Sara und nutzte die Chance. Sie fragte Eva, ob sie in der kommenden Woche ab morgen bei ihrer Freundin schlafen darf. Sie wusste, dass Eva jetzt keinerlei Lust zum Diskutieren hatte. Ich blickte Sara fragend in die Augen. Sie verstand und lächelte mich freundlich an:

„Pap, das Praktikum habe ich vorerst aufgegeben!"

Eva fragte: *„Welches Praktikum meinst du?"*

Sara antwortete: *„Ich wollte ein Praktikum in Vacha machen, Papa weiß Bescheid!"*

Wie Kinder bestimmte Situationen für sich auszunutzen wissen, ist schon interessant. Eva war sehr schnell damit einverstanden, dass Sara in der kommenden Woche bei ihrer Freundin schläft und ich wurde gar nicht erst gefragt. Als ich Sara darauf ansprach, dass ich

auch gefragt werden wollte, bekam ich die kurze Antwort von Eva:
„Lass sie doch, du bist dann doch auch nicht da."
Sara verließ vorbeugend den Raum, ehe Evas Entscheidung möglicherweise revidiert werden konnte. *„Stimmt, ja, ich muss zu einer Fortbildung, aber trotzdem kann man mich doch als Vater fragen"*, sagte ich zu Eva. Jetzt wurde mir alles klar und ich fragte Eva:
„Hast Du etwa einen anderen?"
Sie drehte ihr Gesicht weg und antwortete nicht. Ich wiederholte meine Frage und Eva antwortete jetzt:
„Wir unterhalten uns später darüber."
Danach verschwand sie im Bad. Als sie im Bett war, stellte ich sie erneut zur Rede. Sie sagte:
„Lass mich jetzt damit in Ruhe, wir sprechen nach deiner Fortbildung darüber."
Eva war stur. Mir war nun klar, dass ich jetzt nichts aus ihr rausbekomme und sagte nur:
„Also hast du doch einen anderen!"
Auch wenn es garantiert nichts brachte, ich nahm meinen Schlafanzug und verließ das Schlafzimmer. Die Nacht verbrachte ich auf dem Sofa. Aber schlafen konnte ich nicht, meine Gedanken drehten sich ständig im Kreis. Für mich lag es nun klar auf der Hand: Günther ist im Trainingslager, Sara schläft bei

ihrer Freundin. Schwieva ist zur Entziehung und Schwiemu ist mit ihrem Pfarrer und dem Kirchenbus in Lourdes oder sonst wo. Ich bin zu der Fortbildung und Eva hat sturmfreie Bude. Das hat sie bestimmt so geplant!

Fortbildung mit tragischem Ende

Am nächsten Morgen musste ich ziemlich früh los, jedenfalls sehr früh für einen Lehrer. Es war 6 Uhr. Ich fuhr das zerbeulte Auto aus unserer Garage. Genau in diesem Moment kam wieder meine neugierige Nachbarin vorbeigelaufen, die Frau Winter. Sie wohnt zwei Häuser weiter und ihr Lebenssinn besteht darin, möglichst geheime Neuigkeiten aus dem Dorf als erste zu erfahren. Sie weiß demzufolge, wer mit wem fremdgeht, wer überschuldet ist und welches Baby gerade Durchfall hat. Eigens dazu hat sie sich einen nagelneuen Schreibtisch zugelegt und an das Fenster gestellt, welches der Straße zugewandt ist. An diesem Arbeitsplatz protokolliert sie ihre Forschungsergebnisse. Von ihr erntete ich wieder mal einen mitleidigen Blick. War das nun wegen meines verknitterten Autos oder weil Eva einen Freund hat? Egal, ich musste los, ich war schon spät dran. Wenn es kommt, dann kommt es dick, denn ich hatte heute die rote Welle. Hier in der Provinz gibt es selten mal eine Ampel, aber diese vereinzelten Ampeln warteten scheinbar auf mich, um dann auf Rot zu schalten. Meine Gedanken drehten sich um Eva und diese blöde Sau. Diese mir unbekannte blöde Sau, ihr Stecher. Manche Frauen verlieren den Verstand, wenn sie mal richtig durchgevögelt werden. Anders kann es bei Eva auch nicht sein! Aber sie vergisst die Geborgenheit, die ich ihr biete. Sie vergisst meine Stärken. Ich schrie während der Fahrt alle möglichen Schimpfworte, die mir in den Sinn kamen. Ich musste über meine Kreativität lachen. Ist es kreativ, wenn man neue Schimpfworte erfindet? Hurensohn, dumme Sau, Arschloch kennt jeder. Aber Erdschwein, Hodenpickel oder Schwanzloser sind mal was anderes. Nein, ich war nicht kreativ, ich war im Tief. Was sind überhaupt meine Stärken? Ehe ich mir meine Stärken aufzählen konnte, war ich in Erfurt angekommen. Dieses Mal sogar ohne jeglichen Zwischenfall. Ich bekam sogar sofort einen Parkplatz vor der Schule, in der die heutige Fortbildung stattfinden sollte. Manchmal habe ich auch Glück!

Als ich ausstieg, begegnete ich Anna und Hans Müller. Das ist ein Lehrerehepaar aus dem Nachbarkreis. Wir sehen uns immer auf den Fortbildungen und sind befreundet. Anna und Hans kommen immer mit Motorrädern. Jeder fährt alleine und hat seine eigene BMW. Anna ist sehr hübsch, hat eine tolle Aura und ist superintelligent. Wir führten einen Smalltalk. Was ihr an dem Tollpatsch Hans gefällt, kann ich nicht nachvollziehen. Hans hat fast die gleiche Lederjacke wie ich. Da fiel mir Eva ein: War es bei Eva und mir nicht genauso? Eva ist superhübsch und intelligent und ich bin ein Tollpatsch. Selbstzweifel überkamen mich. Eva als helle Sonne, ich der Tollpatsch? Ich ging zum Schulungsraum, führte hier und dort ein belangloses Gespräch, meistens ging es darin um die Unfähigkeit unserer Schüler. Mehrere Berufskollegen sagten: *„Du siehst aber schlecht aus!"* Die Diagnose war leider richtig. Ich fühlte mich auch schlecht, konnte keine klaren Gedanken fassen, dachte immer wieder an Eva. Deshalb war ich während der Schulung total abwesend. Das Thema lautete: *„Amoklauf, Ursachen, Früherkennung und wie*

verhalte ich mich, wenn ein Schüler Amok läuft."
Wenn sich jemand im Tötungsmodus befindet,
sollte man sich ihm nicht in den Weg stellen.
Ein Polizist war der Dozent, es war sehr interessant. Hans fragte den Dozenten, warum
eigentlich nur Schüler Amok laufen, Lehrer
haben doch auch Gründe: Sie werden von
Schülern gedemütigt, beleidigt, schikaniert
und fertiggemacht. Er hatte nun die Lacher auf
seiner Seite. Es war für mich ein schwarzer
Tag und ich war froh, dass ich am Abend in
das Hotel konnte. Ich ging zu meinem Auto.
Als ich den Zündschlüssel drehte, machte es
beim Anlassen nur seltsame Geräusche, jedoch
wollte der Motor nicht anspringen. Vermutlich
hat er sich gefühlt wie ich und war deprimiert!
Die Kiste war nun vermutlich ganz im Eimer.
Da fuhren Anna und Hans in meine Richtung.
Offensichtlich hatten sie sofort den Zustand
meiner Karre überblickt und boten mir ihre
Hilfe an. Ich musste einen Startversuch unter-
nehmen und Hans sagte nach kurzem Blick
unter die Motorhaube: *„Das hört sich an wie ein
Motorschaden, da können wir wohl nicht helfen."*
Gegenüber dem Parkplatz war eine freie
Werkstatt und auf der Reklame stand unter
anderem Pannenhilfe! Glück im Unglück für

mich! Voller Hoffnung ging ich dorthin. Ein schmieriger Automechaniker kroch unter einem Auto hervor und fragte freundlich:
„Wie kann ich ihnen helfen?"
Ich schilderte den Schaden. Er ging sofort mit mir, um meinen Wagen zu begutachten.
„Das ist wahrscheinlich ein Motorschaden", war seine Erstdiagnose, und er ergänzte:
„Das wird wohl ziemlich teuer, ich weiß nicht, ob sich die Reparatur noch lohnt!"
Ich bat ihn trotzdem darum, nach dem Fehler zu suchen. Er war sofort einverstanden. Ein exaktes Angebot bekomme ich von ihm erst nach Überprüfung in der Werkstatt, so waren seine Worte. Ich gab ihm den Autoschlüssel und die Zulassung und wir verabschiedeten uns mit Handschlag, ohne ein Protokoll. Ich sollte ihn dann am nächsten Tag anrufen. Anna hatte die ganze Zeit auf mich gewartet und nun nahm sie mich mit ihrem Motorrad mit in das Hotel. Es gibt doch noch liebe Menschen! Mein Zimmer war schlicht und einfach, aber ausreichend für den Zweck. Das Wichtigste war wohl der große Fernseher, der entscheidet sehr wahrscheinlich über die Hoteleinstufung. Ich werde ihn, wie immer, nicht einschalten. Nach dem Duschen ging ich zum Abendessen.

Anna hatte an dem langen Tisch schon neben sich einen Platz für mich reserviert.

Sie sagte: *„Hans gehts nicht so gut, er wird nicht zum Essen kommen."*

Scheinbar hatten sie sich gezankt! Ich war deshalb nicht traurig und dachte: Wenigstens kriselt es nicht nur in meiner Ehe, auch andere haben ihre Probleme! Nach dem Essen tranken wir und unterhielten uns. Ich lag nicht so schlecht mit meinem Gefühl. Sie hatten sich gestritten und Hans ist, wie übrigens schon sehr oft, alleine losgezogen, um sich in einer Disco zu betrinken. Anna erzählte mir einige Intimitäten. Hans wäre im Bett nicht mehr der Renner, Weihnachten wäre leider öfter! Das erinnerte mich an meine Liebe mit Eva, denn eigentlich waren wir trotz der fast 17 Jahre, die wir inzwischen zusammen waren, noch gut drauf, jedenfalls bis vor einem halben Jahr lief noch alles prima.

Wie oft ist denn in diesem Fall normal? Sicher gibt es da keinen allgemein gültigen Maßstab, beide Partner sollten jedoch mit der Häufigkeit und der Machart des Sexes zufrieden sein. Ist Eva mit mir noch zufrieden? Sicher nicht, sonst hätte sie häufiger das Bedürfnis danach. Vielleicht ist mein Penis zu kurz oder nicht

dick genug oder ich komme nur immer viel zu schnell? Ich liebe doch Eva, die Natur des Mannes sorgt doch dafür, dass es ziemlich schnell geht. Das ist wegen der Effektivität so gewollt! Wir sind ja auch nur bessere Tiere! Und in der Natur geht es ja auch bei vielen Tieren beim Sex ganz schnell, ehe vielleicht ein Feind kommen könnte und einen vertreibt oder sogar auffrisst. So gesehen geht es mir als Mensch in dieser Beziehung doch sehr gut! Es ist keinerlei Auffressen danach angedacht! Nach etlichen Bierchen und auch Schnäpsen hatte sich leider meine Stimmung auch nicht aufgehellt. Anna war dafür umso besser drauf. Wir waren inzwischen die einzigen Gäste, und der Kneiper hatte keine Lust mehr, wegen zwei Bier in der Stunde weiter auszuharren. Anna sagte zu mir:
„Ich habe da eine Idee! Was meinst du dazu? Wir nehmen noch eine Flasche leckeren Rotwein mit auf das Zimmer und dann könnten wir ja noch ein bisschen zusammen quatschen?"
Dieser Vorschlag kam mir sehr entgegen, denn ich hatte keine Lust, jetzt in das Bett zu gehen, konnte sowieso nicht schlafen und fragte nur:
„Was wird wohl Hans dazu sagen?"
Anna entgegnete: *„Wenn der in der Disco ist, dann wird es nach 4 Uhr oder vielleicht sogar spä-*

Also gingen wir auf ihr Zimmer, und ehe wir
richtig die Tür geschlossen hatten, zog sie wie
selbstverständlich ihren roten Pullover aus. Sie
hatte einen schwarzen BH an. Ihre herrlichen,
wohlgeformten Brüste lachten mich an. Besser
als jedes Modell auf dem Laufsteg, dachte ich.
Sie will sich bestimmt an Hans rächen, fuhr es
mir durch den Kopf. Wenn er alleine durch die
Discos tourt, wer weiß, was dann noch so ab-
geht? Ich dachte: Warum sollte ich eigentlich
bei einem solch verführerischen Angebot nein
sagen? Ich habe doch auch Grund, mich jetzt
an Eva zu rächen!
Also nahm ich Anna in die Arme, wir küssten
uns innig. Ich wurde aktiv und streichelte
zärtlich ihre Brüste. Sie flüsterte:
„Zieh mir schon den BH aus!" Ich tat das nicht
ungern. Nun zog sie ihre enge, weiße Leinen-
hose aus. Ihr weißer Tanga umschmeichelte
zart ihr weibliches Geheimnis. Man sah ihre
Geilheit durch den dünnen Stoff hindurch. Sie
war schon feucht. Ich musste nichts machen.
Jetzt zog sie mich hastig aus und ehe ich denken konnte, lagen wir auf ihrem Bett! Sie ist

wirklich eine absolute Traumfrau, dachte ich, fast wie Eva. Ich küsste ihren Hals, dann ihre Brüste und fuhr mit meinem Mund küssend in Richtung ihres Bauchnabels. Ihr Parfüm roch sehr angenehm. Sie atmete tief und schnell. Die Luft war elektrisiert, es knisterte förmlich. Nun zog sie auch ihren Tanga aus und bereitwillig lag sie jetzt vor mir, schön wie eine Prinzessin. Ihr süßes Geheimnis war enthüllt und sie lag bereitwillig vor mir. Sie hatte ein verführerisches Dreieck! Schon vor langer Zeit hatte ich wohl vergessen, dass es auch andere Frauen außer Eva gibt! Das wird eine süße Rache an Eva! Wenn sie das wüsste! Anna war geil, man sah es an ihrem bebenden Körper. Und ich? Allerdings konnte ich meinen Schwanz nicht steif kriegen, die Angst vor Versagen verschlimmerte diesen traurigen Zustand der Unfähigkeit. Anna half mir und nahm ihn zärtlich in die Hand, zog meine Vorhaut nach vorne und hinten. Sie hatte viel Geduld mit mir und machte es ausgezeichnet, aber alles war leider zwecklos. Ich konnte nicht, obwohl ich es wollte. Es war ein sehr peinlicher Moment! Gedanken schossen mir durch den Kopf: Ob wohl Eva jetzt auch mit diesem Mistkerl vögelt? Auch? Wieso auch?

Kopfkino lief ab! Anna kniete sich jetzt vor das Bett. Ich konnte von oben ihre schmale Taille und ihren prallen Hintern sehen. Sie nahm meinen Schwanz in ihren Mund und tat ihr Bestes, um mich zu stimulieren, aber alles war umsonst. *„Ich kann nicht"*, sagte ich zu Anna. *„Vielleicht klappt es ein anderes Mal?"*
Sie zeigte sich verständnisvoll. Ich kam mir wieder einmal mehr als Versager vor. Blöd, wenn die gefüllte Suppenschüssel vor einem steht, aber man keinen Löffel hat! Anna gähnte und zeigte mir so ihren Applaus für mich.
Resigniert zog ich mich an, nahm meinen Zimmerschlüssel von Annas Nachtschrank und meine Lederjacke in den Arm und verließ ihr Zimmer. Ich war aufgewühlt und durcheinander. Was mache ich nun? Schlafen kann ich jetzt sowieso nicht. Also ging ich raus an die Luft und zog meine Lederjacke an. Ich fühlte etwas Hartes in der Tasche, und nahm es heraus. Es waren Motorradschlüssel. Das war doch nicht meine Jacke! Es muss die von Hans sein! Ich drehte mich auf der Stelle um und wollte sie wieder ins Hotel zu Anna zurückbringen. Da kam mir eine glänzende Idee: Ich nehme jetzt einfach das Motorrad von Hans und fahre nach Hause. Ich will mit eigenen

Augen sehen, wie Eva in den Armen dieser Sau liegt. Also los! Zielgerichtet ging ich um die Ecke zum Parkplatz des Hotels. Da standen die zwei BMWs nebeneinander. Helme und Handschuhe waren einfach am Lenker abgelegt. Das ist scheinbar eine ruhige Gegend! Auf der einen stand ein goldenes „A" für Anna am Tank, die andere zierte ein „H". Ich steckte den Schlüssel in das Zündschloss der Maschine von Hans und drehte ihn. Sie sprang sofort an. Jetzt setzte ich den Helm auf, zog seine Handschuhe an und los ging die Fahrt in die Nacht. Um diese Uhrzeit waren die Straßen frei. Ich fuhr viel zu schnell, aber mir war alles egal. Wahrscheinlich war ich jetzt auch im Angriffsmodus, ohne Rücksicht auf mich oder die Maschine von Hans raste ich durch die Dunkelheit. In gut zehn Minuten war ich auf der Autobahn und viele Gedanken schwirrten durch meinen Kopf. Ich dachte in Schleifen! Was wird mich wohl zuhause erwarten? Normalerweise bin ich altruistisch, aber trotzdem werde ich diesem Saukerl die Fresse polieren! Ein Gefühl der Stärke kam über mich und die Hormone peitschten rasant durch meinen Körper! Selbstbewusst drehte ich den Gasgriff weit nach hinten und genoss

das brummende Geräusch des Motors. Mir fiel das Lied von Grönemeyer ein: *„Meine Hand will unbedingt in sein Gesicht und darf nicht!“*
Ich grölte diesen Text immer wieder, so laut ich konnte, im Rausch der Geschwindigkeit. Aber was ist denn, wenn der Kerl stärker als ich ist? Egal, ich war sehr zornig! Zorn macht stärker. Aber was bewirkt Gewalt? Eigentlich nichts Sinnvolles. Probleme kann man damit nicht lösen. Also bringt es nichts! Werde ich ihn in Ruhe lassen oder mit ihm kämpfen? Die wirren Gedanken kreisten in meinem Kopf. Sicher hatte er Eva verführt, sie ist in ihrer Naivität auf sein dummes Gehabe hereingefallen. Viele Frauen lassen sich gut beherrschen, wenn sie guten Sex haben. Guter Sex? Klar, für sie ist er etwas Neues und ein neuer Hamster bohnert gut! Eva ist eigentlich unschuldig! Die Lösung:
Ich werde einfach gegen einen Baum fahren, dann wird sie schon sehen, was sie angerichtet hat! Aber was ist, wenn ich mir das alles nur einbilde? Vielleicht ist das nur eine normale Krise, die viele Ehepaare haben, wenn die Kinder groß sind? Dann wäre mein Tod total sinnlos! Meine Gedanken drehten sich im Kreis und die vom Mond beleuchtete Land-

schaft flog nur so dahin, ich war ein irrer Raser in der Nacht.

Eine gute Stunde später bog ich in meine Straße ein. Da ist es, mein Zuhause. Es fuhr mir durch den Kopf: Ist das denn wirklich mein Zuhause? Eva war immer mein Zuhause, aber will sie es jetzt noch sein? Mein Puls war jetzt auf 180 und mein Kopf drohte zu platzen. Ich hielt zwei Häuser vor unserem Haus an und stellte das Motorrad auf den Ständer, denn ich wollte ja niemanden aufwecken.

In Trance schloss ich die Haustüre auf, zog meine Schuhe aus und schlich mich ins Haus. So würde mich niemand erkennen, mit Helm und Handschuhen. Außerdem war Schwimu in Lourdes, Schwiva zur Entziehung und die Kinder außer Haus. Theoretisch dürfte nur Eva zuhause sein, aber wahrscheinlich nicht alleine! Es war absolut friedlich hier, nur die Standuhr im Flur schlug gleichmäßig ihren Takt. Ich fühlte mich wie ein Dieb und mein Herz pochte wie irre, denn gleich würde die Bombe explodieren! Nachdem ich leise unsere Schlafzimmertüre geöffnet hatte, erfüllten sich meine schlimmsten Befürchtungen. Im Schein des Mondes bot sich mir ein erschütterndes Bild. Evas Reizwäsche lag im Zimmer verstreut am Boden, genauso wie es früher bei uns auch war.

Das dumme Arschloch hatte seine Wäsche auch im Zimmer verstreut. Auf seinem, nein, auf meinem Nachtschrank stand eine leere Flasche Champagner. Die Sau hatte meinen teuren Champagner getrunken, den ich eigens für besondere Anlässe gekauft hatte. Daneben standen zwei leere Gläser, es waren die guten Gläser, eigentlich benutzen wir die kaum, höchstens zu Silvester. Scheinbar war heute ein besonderer Anlass, auch ohne Silvester! Es duftete nach Kerzen. Die Kerzen rechts und links neben dem Spiegel waren heruntergebrannt, das konnte man gut im Mondschein sehen. Auch die werden nur aus besonderen Gründen angezündet. Dieser Dr. Krause hat Eva verführt! Ich hasste ihn aufrichtig. Aber als ich näher an das Bett trat, sah ich, dass es nicht Dr. Krause war. Wer dann? Ich näherte mich dem Schlafenden. Und dann erkannte ich: Das ist doch Evas Schulkamerad. Der Benzfahrer, der Kriminalkommissar, der mein Auto gerammt hatte! Nun war ich geschockt. Mein Magen verkrampfte sich. Mit dem hatte ich nicht gerechnet. Hat sie etwa mehrere Liebhaber? Nein, das glaube ich nicht! Soll ich ihn herausfordern, einfach aus dem Bett zerren und auf Konfrontationskurs gehen? Nein, das bringt sicher nichts! Außerdem ist er sicher stärker als ich. Ich bin kein Kämpfer und der Kerl ist sicherlich trainiert. Die Gedanken in meinem Kopf überschlugen sich. Was ist das? In der Dunkelheit sah ich noch etwas Dunkles, leicht Glänzendes liegen. Meine Spielzeugpistole lag auf meinem Nachtschrank. Was soll das? Hat er vielleicht damit gespielt? Zitternd nahm ich sie in die Hand und zielte auf den Herrn Kriminalkommissar. Ich hasste diesen Kerl aufrichtig! Wenn diese Waffe echt wäre, würde ein kleiner Druck auf den Abzugshebel genügen! Würde ich Eva auch erschießen? Nein, würde ich nicht, denn ich liebe sie und dieses elende Dreckschwein hat sie bestimmt verführt!

Meine Gedanken drehten sich im Kreis, ich fühlte mich irre. Da hörte ich ein Geräusch! Die Haustüre wurde langsam geöffnet und ich hörte schlürfende Schritte im Flur. Das klang wie das gewohnte Trampeln von Schwiemu. Wiederum kann das nicht sein, sie ist doch nach Lourdes gefahren! Ist das ein Einbrecher? Ein Schatten tauchte in der Schlafzimmertür auf und ich richtete die Pistole instinktiv auf ihn. Mein Finger am Abzug verkrampfte sich. Peng! Es löste sich ein Schuss! Was war das? Bin ich jetzt ganz verrückt? Der Schatten sank zu Boden. Ich hörte ein kurzes Röcheln, dann war Totenstille. Das war wohl ein Volltreffer, wahrscheinlich mitten in das Herz! Ein Jäger würde volle Punktzahl und einen Pokal bekommen. Und ich? Ich ließ die Pistole fallen und niemand klatschte Beifall für diesen hervorragenden Schuss! Die zwei lagen noch schlafend im Bett, die Pistole musste einen Schalldämpfer haben, es war nicht sehr laut, oder die sind so abgekämpft, dass sie nichts gehört haben. Ich kniete nieder und schüttelte die unbekannte Person. Jetzt wurde mir klar: Das war meine Schwiemu! Das gibt es nicht! Die ist doch eigentlich nicht hier! Ich fühlte ihren Puls. Da war nichts zu fühlen. Atmung? Nein, keine Atmung, Fehlanzeige. Sie war mausetot! Mein Puls war nun auf 250 und mein Urinstinkt befahl mir: Renne weg! Ich sprang über die Leiche von Schwiemu, rannte zur Haustüre, nahm meine Schuhe in die Hand und rannte zum Motorrad. Dort zog ich sie schnell an, drückte den Startknopf und los ging die Fahrt.

1000 Gedanken schwirrten durch meinen Kopf. Was habe ich getan? Ich wollte Evas Liebhaber verprügeln, aber dieses Schwein lebt und liegt mit Eva in meinem Bett. Dafür habe ich meine Schwiegermutter erschossen. Das ist zwar auch nicht schlecht, aber es kam alles so überraschend, das wollte ich nicht! Unter diesen Umständen konnte ich mich nicht einmal darüber freuen.

Ich raste über die Autobahn als angetrunkener Mörder. Mist, Dreck, Scheiße, ich fluchte und lachte gleichzeitig. Nun bin ich irre geworden! Gegen Morgen stellte ich das Motorrad wieder an seinen ursprünglichen Platz.

Bald würde ich verhaftet werden! Sollte ich jetzt vielleicht fliehen? Aber wohin sollte ich fliehen? Alles erschien mir unwirklich und irrational!

Verzweifelt ging ich in das Hotel. Ob wohl Hans schon da war? Egal, ich ging in mein Zimmer und schaute aus dem Fenster. Sollte ich da runterspringen? Nein, das bringt auch nichts, es sind nur ungefähr 3 Meter bis zum Boden. Ich zog mich aus, duschte und warf zwei Schlaftabletten ein. Langsam begannen sie zu wirken.

Diese verrückte Nacht war viel zu kurz für Erholung! Um 07 Uhr erwachte ich und hörte in der Ferne die Sirene eines Polizeiautos. Mir war nun klar: Jetzt holen sie mich ab! Auf Wiedersehen, du schönes Leben! Wie lange werde ich wohl kriegen? War es Affekt oder geplanter Mord? 2 Jahre oder sogar 10 Jahre? Wie eine Maus, die in der Tatze einer Katze gehalten wird, versuchte ich mich ruhig zu verhalten und streichelte in Lethargie das Kopfkissen. Ob es im Knast auch so angenehm weiche Kopfkissen gibt? Jedoch entfernte sich das Sirenengeräusch wieder. Dann werde ich wenigstens noch einmal in Freiheit duschen und frühstücken. Eine halbe Stunde später war ich als Erster im Frühstücksraum und sah jede Minute auf die Uhr. Noch bin ich nicht verhaftet! Aber was habe ich nur getan? Der Kellner war nicht überfreundlich, aber ich bekam einen Kaffee und Hunger hatte ich auch. Frische Brötchen, Schinken, Wurst - alles lag am Buffet, was es wohl im Gefängnis gibt? Und wie lange werde ich wohl sitzen müssen? Evas Stecher ist Kommissar, der wird seinen Einfluss geltend machen, dann bekomme ich lebenslang. Als ich über meine bevorstehende Verhaftung sinnierte, kamen Anna und Hans,

beide lächelnd, Hand in Hand. Die hatten Sex, man sah es ihren überglücklichen Blicken an. Anna setzte sich neben mich, Hans daneben. Wir führten einen Smalltalk, nichts Wichtiges. Wie mache ich das mit der Jacke von Hans, wie soll ich ihm klarmachen, dass ich gestern aus Versehen seine Jacke mitnahm, nachdem ich um ein Haar seine Frau gebumst hatte? Die verrückten Ereignisse des gestrigen Tages kreisten in meinem Hirn. Da sagte Hans zu mir: *„Du hast gestern deine Jacke in unserem Zimmer vergessen, sie sieht fast so aus wie meine."* Was sollte das jetzt? Er sagte das nicht vorwurfsvoll, sondern bemerkte es nur am Rande. Ich schaute zu Anna, sie antwortete mit einem verschmitzten Lächeln. War ich etwa gestern der Katalysator für das Liebesleben der zwei? Manchmal braucht ein Mann ja das Gefühl, dass seine Frau begehrenswert für andere Männer ist, dann erscheint sie ihm wertvoller! Das kann dem lieben Kleinen unter Umständen wieder auf die Sprünge helfen. So muss es wohl in diesem Fall gewesen sein.
Zählte der gestrige misslungene Versuch, mit Anna gemeinsam Freude zu haben, schon als verwerflich? Ist der Plan schon strafbar? Ich antwortete Hans: *„Das muss wohl gestern Abend*

passiert sein, wir sind gestern noch gemeinsam auf euer Zimmer gegangen und haben ein Glas Wein getrunken und geredet. Und dann habe ich wohl versehentlich deine Jacke mitgenommen."
Hans sagte grinsend: *„Ich weiß"*, aber er sagte das nicht vorwurfsvoll.

Also war alles in Ordnung? Eigentlich war ja auch nichts Wichtiges passiert, ich hatte nur meine Schwiegermutter umgebracht, meine Frau hatte einen anderen und ich werde noch heute eingeknastet.

Ich hatte Kopfschmerzen und mir war übel. Nach dem Frühstück tauschten Hans und ich unsere Jacken aus, es war total unkompliziert. Er bot mir sogar an, mich zur Fortbildung mitzunehmen. Ach ja, mein Auto war ja in der Werkstatt, das hatte ich fast vergessen. Ich nahm dankend an. Ich ging noch mal auf mein Zimmer, putzte meine Zähne und packte die Tasche. Hans und Anna warteten schon am Empfangstresen. Ich bezahlte das Zimmer, wir gingen zu den Motorrädern.

Hans nahm seine BMW vom Ständer, steckte den Schlüssel in das Schloss und startete. Brav fing der Motor an zu tuckern. Ich nahm hinter ihm Platz und schon sausten wir los. Rasant fuhr er über die Straßen, der hatte wohl nach dem Sex noch viel Testosteron im Blut?

Als wir hielten, sagte er, halb zu Anna und halb zu mir gewandt: *„Die haben mir heute Nacht Sprit abgezapft, etliche Liter fehlen!"*
Gott sei Dank hatte er aber nicht seinen Kilometerstand im Kopf, sonst wäre ihm wohl aufgefallen, dass da noch was über die Nacht dazugekommen ist. Da kam auch schon ein Polizeiauto auf den Parkplatz gefahren.
Das geht aber schnell, dachte ich. Im Auto saß aber der Polizist von gestern, der Redner über eventuelle Amokläufe.
„Wir haben noch 2 Stunden Vorträge über das Thema Amokläufe und anschließend geht es um die Optimierung des Unterrichts", sagte Hans.
Eigentlich war mir das vollkommen egal, Eva, dieser blöde Kommissar und meine tote Schwiegermutter waren genug Futter, um mein Hirn in den Errormodus zu fahren.
Ich hörte den Beiträgen nur oberflächlich zu. Wann werde ich verhaftet? Meine Gedanken drehten sich im Kreis. Es war wie in einer Schulprüfung. Viele Menschen kennen das. Man weiß zwar die Antwort auf eine Frage in einer Prüfung, jedoch fällt einem im Prüfungsstress nicht das Passende ein. Man kann keine klaren Gedanken denken, es funken immer wieder Geistesblitze dazwischen. Warum bin

ich nur gestern Nacht nach Hause gefahren? Weshalb hatte Eva mit diesem Kerl dieses Verhältnis begonnen? Was haben wir falsch gemacht? Wie komme ich aus der Sache raus? Fragen über Fragen, jedoch keine Lösungen. Endlich war Mittagspause, wir verließen den Vorlesungsraum. Auf dem Flur wartete eine gut gekleidete Frau und fragte Hans beim Herausgehen: *„Herr Loos, sind sie Herr Loos?"*
Ist sie etwa von der Polizei? So habe ich mir das nicht vorgestellt. Hans sagte zu ihr mit Blick in meine Richtung: *„Das ist Herr Loos."*
Ich wollte wegrennen, aber die innere Stimme sagte mir:
„Wegrennen bringt jetzt auch nichts mehr."
Also blieb ich einfach wie angewurzelt stehen, wie ein Hase, der sich dem übermächtigen Wolf gegenübersieht. Sie ging auf mich zu und sagte: *„Herr Loos, sie werden gebeten dringend zu Hause anrufen, ihre Frau hat hier im Sekretariat angerufen, es geht um etwas sehr Wichtiges!"* Ich sagte nur: *„Danke, ich weiß Bescheid!"*
Im nächsten Moment ärgerte ich mich über meine Blödheit! Danke, ich weiß Bescheid, heißt ja, dass ich über alles Bescheid weiß, aber ich wollte eigentlich überrascht tun. Ich bin kein guter Schauspieler!

Was mache ich nun? Wollen die mir eine Falle stellen? Würde Eva da mitmachen?

Ich werde mich nun stellen, denn ich werde sowieso verhaftet, habe das ja auch verbockt, Loos wie Loser.

Mein Handy war tief unten in meiner Tasche versteckt, es war kaum benutzt und fast neu. Was nützt es? Ich schaltete es ein und wählte schweren Herzens die Nummer *„Zu Hause"*. Es klingelte nur einmal, da meldete sich mit zittriger Stimme Eva. *„Hallo mein Schatz!"*

Danach war erst einmal Stille, sie machte eine gefühlt unendlich lange Pause und mir fehlten auch die Worte. *„Du musst sofort nach Hause kommen, es ist etwas Schlimmes passiert und ich brauche dich jetzt."*

Nach einem tiefen Seufzer schluchzte sie:

„Mutter ist tot, es ist eine Katastrophe!" Ich konnte kaum sprechen, mir fehlten die Worte und ich sagte nur: *„Okay, ich komme sofort!"* Eva flüsterte: *„Danke, bis gleich!"* Ich drückte die Auflegtaste und damit war das Gespräch beendet. Ich bin total blöd, hinterher dachte ich: Ich habe nicht einmal danach gefragt, was passiert ist. Wenn einem gesagt wird, dass ein naher Angehöriger verstorben ist, dann sollte

man doch fragen: „*Wie ist das denn passiert, wie konnte das geschehen?*"
Mir fielen diese einfachen Fragen nicht ein und mich packte die Wut über meine eigene Blödheit und ich schlug mir mit der Hand auf die Stirn und auf die Backen.
Jetzt musste ich lachen, denn ich dachte an Käpt'n Blaubärs Worte aus dem Trickfilm: „*Hat ja gar nicht weh getan!*" Egal! Es hatte ja wirklich nicht wehgetan. Aber was bringt das jetzt? Ich schaute auf dem Flur nach links und rechts. Es war keine Polizei in Sicht.

Was nun? Gehe ich erst zum Mittagessen? Nein, ich hatte keinen Hunger. Nachdem ich mich beim Seminarleiter entschuldigt hatte, nahm ich meine Tasche, zog die Jacke an und ging in Richtung Auto. Auto? Welches Auto? Auf dem Parkplatz fiel mir ein, dass die Karre immer noch gegenüber in der Werkstatt steht. Ich sollte eigentlich anrufen, aber hatte es total vergessen. Also ging ich zur Werkstatt, der Chef stand rauchend vor dem großen Rolltor. Er fuhr mich an: „*Sie wollten doch wegen des Autos anrufen!*"
„*Tut mir leid, das habe ich total vergessen!*"
Ich sah ihn wohl sehr mitleidserregend an.

„Das Auto ist noch nicht ganz fertig, ist doch kein totaler Motorschaden, ich kann ihn reparieren! Das dauert noch knapp zwei Stunden."
Ich war erstaunt und sagte nur: „Wirklich? Das ist super, vielen Dank, sie sind ein Engel, dann komme ich in zwei Stunden wieder!"
Nun lief ich weiter in den nahegelegenen Park. Dort setzte ich mich auf eine Parkbank und genoss die Sonne in den vermutlich letzten Stunden meiner Freiheit.
Paare liefen Händchen haltend an mir vorbei, manche küssten sich während des Gehens. Kinder tummelten sich hinter dem Wäldchen auf einem Spielplatz. Die Sonne lächelte am blauen Himmel und alles schien sehr friedlich. Ich muss eingedämmert sein.
Nach einer Stunde wachte ich auf, weil ein Hund an meine Parkbank pisste. Dieses Ferkel hätte fast meine Hose erwischt. Ich lief noch eine Runde im Park und als ich in der Nähe der Autowerkstatt war, sah ich es stehen: Mein erbärmliches, verbeultes Auto stand dort schon bereit in der Sonne.
So wie das Auto aussah, muss ich wohl auch ausgesehen haben: Verbeult, blass, genervt und fertig mit der Welt.

In der Werkstatt angelangt, bezahlte ich die Rechnung, und bekam meinen Schlüssel ausgehändigt.

Ich setzte mich auf den Fahrersitz, warf meine Tasche neben mich und nun überkam mich ein Gefühl der Vertrautheit, ich liebte dieses Auto. Wir sind viele Jahre gemeinsam durch Dick und Dünn gefahren. Es hat mich niemals, fast niemals im Stich gelassen. Innen sieht es auch noch ganz gut aus, wenn man nur grob schaut! *„Wenn ich in den Knast gehe, dann ist das meine letzte Fahrt mit dir!"*

Ich sprach voller Liebe mit meinem Auto, ich war wohl verrückt geworden! Selbstverständliche Dinge erscheinen einem erst dann wieder wertvoll, wenn ihr Verlust droht!

Warum kann man sich nicht über Selbstverständlichkeiten freuen? Ich atme Luft, bin in Freiheit, kann sehen, hören, laufen.

Mir geht es gut! Bald werde ich gesiebte Luft atmen als Außerirdischer, Ausgestoßener, Verrückter! Was werden meine Kinder sagen, meine Kollegen, meine Schüler und erst Eva? Tausend Gedanken kreisen in meinem Kopf. Kurz vor meinem Heimatdorf passierte es! Etliche Polizisten standen an der Straße und fast jedes Auto wurde angehalten. Als ich kurz

vor dem Polizisten angelangt war, hob er die Kelle, um mich zum Anhalten zu bewegen. Jetzt bin ich dran, es ist vorbei. Ich stieg unaufgefordert aus dem Auto aus und streckte dem Polizisten meine Hände entgegen, in der Erwartung, dass ich jetzt die Handschellen angelegt bekomme. Der Polizist schaute mich nun verwundert an und sagte:
„Verkehrskontrolle, bitte ihre Fahrzeugpapiere, den Sanikasten und das Warndreieck!"
Ein anderer Polizist musterte meine Kennzeichen und schaute nach den Reifen. Ich war erleichtert, überreichte meine Fahrzeugpapiere und ging zum Kofferraum. Ich öffnete ihn ein kleines Stück, da fiel mir das Gewehr ein. Schnell ließ ich die Klappe wieder in das Schloss fallen. Der Polizist stand inzwischen neben mir und sagte: *„Haben Sie getrunken?"*
„Nein, habe ich nicht! Mir ist eben nur der Kofferraumdeckel aus der Hand gerutscht."
Der Polizist wurde jetzt ungeduldig: *„Worauf warten Sie, haben Sie eine Leiche im Kofferraum? Zeigen Sie mir bitte jetzt das Warndreieck und den Sanikasten!"*
Mir war klar, jetzt werde ich dran sein, denn mit unangemeldeten Gewehren verstehen die keinen Spaß. Aber es ist ja eigentlich egal, ob ich nun hier wegen des Gewehrs oder dann zu

Hause wegen Mordes verhaftet werde! Also öffnete ich langsam den Kofferraum. Dort war aber kein Gewehr mehr! Ich habe wohl sehr erstaunt geschaut und der Polizist ulkte:
„Also doch keine Leiche!"
Ich war sehr durcheinander und antwortete: *„Nein, aber das Gewehr ist weg!"* Der Polizist lachte: *„Aber nun zeigen sie mir endlich ihren Sanikasten und das Warndreieck!"*
Ich gab ihm zitternd den Sanikasten und er schaute nur kurz auf das Verfallsdatum. Das Warndreieck war gut im Kofferraum zu sehen und damit hatte sich die Sache für ihn erledigt. Er gab mir meine Fahrzeugpapiere mit den Worten *„Gute Weiterfahrt"* zurück.
Ich stolperte zum Fahrersitz und fuhr los. In meinem Rückspiegel sah ich kopfschüttelnd und lachend die Polizisten. Mein Leben wird immer verrückter! Wo ist das Gewehr? Hat das der Automechaniker geklaut oder hat es Günther entdeckt? Aber eigentlich war mir das im Moment absolut egal.
Es war nicht mehr weit bis nach Hause. Als ich in unsere Straße einbog, sah ich vor unserem Haus etliche Autos, Polizeiwagen, aber auch Zivilautos stehen. Sie warten auf mich! Als ich aus dem Wagen stieg, rannte Eva auf mich zu,

nahm mich in ihre Arme und drückte mich ganz fest an sich.

Begrüßt man etwa so den Mörder der eigenen Mutter? Meine Stimme versagte und ich brachte kein Wort mehr über meine Lippen. Eva kullerten große Tränen über das Gesicht. Sie sagte: *„Mutter ist tot, erschossen!"*

Ich antwortete nicht, mir fehlten die Worte. Ein Polizeibeamter kam auf mich zu, drückte mir fest die Hand und sagte: *„Herr Loos, mein aufrichtiges Beileid!"*

Mein Verstand sagte mir: Die wissen nichts, die sind blind wie die Hühner. Also fragte ich halb an Eva und halb an den Polizeibeamten gewandt. *„Was ist passiert?"*

„Ein Kollege hat vermutlich ihre Schwiegermutter erschossen, es war wahrscheinlich ein Versehen!"

Mir schwante: Die wissen wirklich nichts! Vielleicht gibt es ja auch interne Machtkämpfe innerhalb der Polizei? Ein Kollege hat Schwimu erschossen? Die denken scheinbar, dass es der Kommissar, Evas Lover, war? Wenn einer geht, wird eine Position frei, einer kann aufsteigen. Sicherlich ist dieser Macho unbeliebt bei seinen Kollegen. Die freuen sich, dass sie ihn jetzt loswerden.

Die Polizisten schienen ihre Arbeit erledigt zu haben. Sie kamen einer nach dem anderen aus dem Haus und verschwanden in den Autos. Wie ein Traumwandler ging ich mit Eva in unser Haus. Eva drückte mich ganz innig, fast devot machte sie uns einen Kaffee und sagte zitternd und unter heftigen Tränen: *„Es tut mir so leid, ja, ich bin fremdgegangen. Mein Liebhaber ist, nein, er war Kommissar bei der Polizei!"*
Ich witterte Morgenluft.
Ist sie wirklich ehrlich zu mir? Ich fragte: *„Habt ihr zusammen geschlafen?"*
„Es tut mir so leid", antwortete Eva. *„Also ja!"*, sagte ich, aber es kam mir jetzt so unwichtig vor.

Ja, er hatte dort gespielt, wo eigentlich mein Revier ist, hatte ihre Brüste befummelt und ihren Kitzler gestreichelt.

Aber ist es jetzt wirklich wichtig, dass sie Sex mit ihm hatte? Sie hatte sich mental von ihm abgewendet, ich hatte gewonnen! Schlagartig wurde mir der Stand der Dinge bewusst. Eva liebte mich noch, es tat ihr wirklich leid. Sie gestand mir auch, dass ihr Freund der Fahrer des Autos im Gegenverkehr war, welchem ich neulich den Spiegel beschädigt hatte. Da sie mit im Auto saß, konnten sie nicht umkehren und sind deshalb einfach weitergefahren.

Man trifft sich im Leben immer zweimal!

Die Polizisten hatten mich nicht einmal nach meinem Alibi befragt.

Schwiemu wurde mit der Dienstwaffe des Kommissars erschossen. Im Suff kann sowas schon mal passieren, es passte alles! Vielleicht glaubt er ja selbst daran! Eva hasst ihn dafür und seine Kollegen freuten sich.

Eva erzählte mir das unter Tränen, ich hatte gewonnen. Am liebsten hätte ich jetzt vor Freude gelacht, aber ich verkniff es mir.

„Wieso war Schwiemu überhaupt hier, sie war doch auf der Fahrt nach Lourdes?“, fragte ich Eva.

Ihre Antwort war: *„Alles kam anders, der Bus musste umkehren, fast alle Pilger und der Fahrer haben während der Fahrt Durchfall bekommen. Wahrscheinlich waren belegte Brötchen nicht mehr gut. Aber ich weiß das nicht genau!“*

Ein Witz kam mir in den Sinn: *„Wie groß ist das Idealgewicht der Schwiegermutter? Ein Kilogramm, inklusive Urne! Das hat sie jetzt!“*

Ich verkniff es mir natürlich, Eva diesen Witz zu erzählen.

Eva sagte: *„Bitte verzeih mir!“* Wie schnell sich doch das Leben verändern kann! Ich konnte nur sagen: *„Ich liebe Dich!"* Wir drückten und küssten uns innig. Eva ist die schönste Frau der Welt und mein aus den Fugen geratenes Leben schien nun wieder in normale Bahnen zu kommen!

Kurze Zeit später war auch mein Schwieva da. Seine Entziehungskur war ja fast beendet und außerdem ist der Tod der eigenen Frau ein wichtiger Grund, nach Hause zu kommen.

Als er das Haus betrat, schien er zu lächeln. Grinst er, oder irre ich mich? Er schien befreit und entspannt zu sein! Seine Unterjochung hatte ja nun endlich ein Ende!

Eva erzählte ihm nicht die ganze Wahrheit. Er fragte auch nicht weiter danach, weshalb ein Kommissar mitten in der Nacht seine Frau im Schlafzimmer ihrer Tochter erschossen hat. Alleine diese Tatsache, dass nun seine Frau erschossen wurde, genügte ihm als Aussage.

Wir werden neu beginnen, ich freute mich auf mein neues Leben. Wie schön es doch ist, in Freiheit zu atmen, zu leben und Eva zu lieben. Ich habe alles, was wichtig ist!

Mein Geheimnis wird mich bis zu meinem Grab begleiten, ich werde niemandem etwas davon erzählen!

In den nächsten Tagen danach waren Eva und ich krankgeschrieben. Unser Arzt war sehr verständnisvoll. Aber wir mussten nun ja auch vieles organisieren. Die freundliche Dame des Bestattungsinstitutes wusste prima Bescheid, was nun zu tun war. Welche Art Bestattung wünschen sie? Hatte sich die Verstorbene schon mal dazu geäußert? Wir bieten ihnen alle Möglichkeiten an: Verbrennung, See- oder Erdbestattung?
Die Antwort war klar: Meine Schwiemu war katholisch. Also Erdbestattung! Ich sah etliche Kosten auf uns zukommen. Alleine der Sarg würde um tausend Euro kosten, aber dafür ist er nicht der billigste. Gute Qualität! Ein Hoch auf die Toten! Aber es war mir egal, Schwiemu würde sich freuen und außerdem hatte ich leichte Schuldgefühle. Geld ist egal! Deshalb ließ ich Eva freie Hand bei allen Entscheidungen. Sogar im Gegenteil, ich sagte zu ihr, dass sie nicht an der falschen Stelle sparen soll.
Im Grunde lief das meinem Interesse total zuwider, aber was solls, ich bin in Freiheit, Eva scheint mich wieder zu mögen und ich bin wieder der Platzhirsch.
Eine Woche später war die Beerdigung.
Wir mussten wohl oder übel zur Kirche gehen.

Anschließend war in der Friedhofskapelle die Trauerfeier. Wie schon erwartet lobpreiste der Pfarrer den Herrn, nebenbei ging es auch mal um das Leben meiner Schwiemu. Der Pfarrer erwähnte das Leben der Schwiegermutter nur nebenbei, obwohl er doch mit ihr im Bett war. Das war eine typisch katholische Beerdigung. So musste der Pfarrer jedenfalls nicht lügen. Denn was gab es schon Gutes über Schwiemu zu berichten?
Nach der Trauerfeier war die Erdbestattung. Viele Heuchler aus unserem Dorf heuchelten Beileid. Verlogene Welt!
Endlich waren wir alleine auf dem Friedhof. Eva, die Kinder und ich, und, nicht zu vergessen, Schwieva. Er hatte sich nach dem Tod seiner Frau total besoffen, aber seitdem hatte er kein Glas mehr angerührt!
Er tippte mir von hinten auf die Schulter und sagte: *„Danke!"*
Das verwirrte mich. Weiß er vielleicht mehr? Ist das etwa der Dank für die Organisation der Beerdigung oder für die Befreiung aus dem Joch der Unterdrückung? Eigentlich sollte er sich dafür hauptsächlich bei Eva bedanken, denn sie war ja die Hauptorganisatorin der

Beerdigung. Jedenfalls schien er alles andere als traurig, wirkte befreit und glücklich.

Einige Monate später war die Gerichtsverhandlung. Eva musste als Zeugin aussagen. Aber sie wusste nichts, das hatte sie mir oft gesagt. Selbstverständlich begleitete ich sie, saß aber im Zuschauerbereich. Mord war es nicht, auch kein Totschlag, er hatte ja keinen Tötungsvorsatz und keinen Grund.

Also war es einfach nur fahrlässige Tötung. Der Kommissar wusste von nichts, konnte sich nicht erinnern. Aber es war seine Pistole, seine Fingerabdrücke waren auf der Waffe, seine Kollegen waren wohl froh, dass er nun weg war.

Vielleicht haben sie ja bewusst über meine Fingerabdrücke hinweggesehen? Aber egal! Otto der Loser muss auch mal Glück in seinem Leben haben!

Das Gericht fällte das Urteil: zwei Jahre Haft wegen fahrlässiger Tötung.

Ich dachte: Da hat er wohl noch mal Glück gehabt, er soll doch mal besser auf seine Waffe aufpassen und auf seinen Schwanz!

Mir ging es gut, mir geht es gut, das Leben ist schön!

Mein unechtes Kind

Ich zog meine Hose aus und aus der Tasche fiel eine Visitenkarte. Eva hob sie auf und las mir vor: *„Sebastian Oder, Consulting Management! Wer ist das? Was hast Du denn mit einer Unternehmensberatung zu tun?"*
Die letzte Zeit war so voller Überraschungen, ich hatte meinen zweiten Sohn fast vergessen. War jetzt der richtige Zeitpunkt, um es Eva zu sagen? Eigentlich schon, sie stand in meiner Schuld, jedenfalls dachte das Eva.
Das Abenteuer mit Anne Stein war in meinem ersten Leben, zu einer Zeit, als ich Eva noch nicht kannte.
Das bestärkte mich darin, ihr die Wahrheit zu sagen. Außerdem hatte er zu mir gesagt, dass er keinerlei finanzielle Forderungen hat. Es war an der Zeit, dass ich reinen Tisch machte. Deshalb erzählte ich Eva nun die Geschichte von meiner ehemaligen Studienkollegin und Liebschaft Anne und ihrem Sohn, von der Blutgruppe der Eltern und seiner Blutgruppe. Und dass Anne behauptet hatte, dass ich der Vater ihres Sohnes sei. Eva war zwar nicht so begeistert, aber sie ging ganz cool an die Sache

heran und fragte mich: „*Bist du dir denn sicher, dass du sein Vater bist?*"

Das war ein guter Denkanstoß, und ich antwortete: „*Nein, da bin ich mir nicht sicher, ich war zwar mit ihr zusammen, aber damals sagte sie mir, dass sie die Pille nimmt.*"

Eva sagte: „*Der Junge hat die Blutgruppe B? Und du? Welche Blutgruppe hast du eigentlich?*"

„*Ich weiß es nicht!*" Ich war immer zu ängstlich, um zur Blutspende zu gehen, und war noch nie als Patient im Krankenhaus.

Eva sagte: „*Dann lass doch erst einmal deine Blutgruppe bestimmen, vielleicht bist du ja doch nicht sein Vater!*"

Ich fand diese Idee ziemlich gut. Wer weiß, wen Anne damals noch so hatte, sie war ein heißer Feger!

Einige Tage später ging ich zur Blutspende und war dort auch sehr tapfer. Als mir die Schwester den Arm abgebunden hatte, und die Kanüle meine Haut durchbohrte, wurde mir zwar etwas warm, aber ich bin nicht umgefallen.

Das Ergebnis war, dass ich auch Blutgruppe A habe, was bedeutet, dass mein Sohn, also Annes Sohn, nicht mein Sohn sein kann!

Ich war erleichtert. Als ich Eva diese Nachricht überbrachte, war sie auch erleichtert.

Wie sollte ich das nun Annes Sohn beibringen? Sollte ich ihn anrufen oder es ihm persönlich mitteilen? Ich entschied mich dazu, es ihm persönlich mitzuteilen. Eine solche Nachricht trifft ihn ja außerordentlich persönlich. Jedoch hatte es sich am nächsten Tag fast von selbst erledigt. Als mein Handy klingelte und ich die grüne Taste betätigte, war Sebastian Oder am Telefon. Er stotterte: *„Herr Loos, hier ist Oder, ich bin Annes Sohn!"*

„Ich weiß!", antwortete ich.

„Herr Loos!" sagte er. *„Herr Loos, Sie sind nicht mein Vater. Es hat sich alles anders als erwartet herausgestellt, die Sache ist viel komplizierter!"* Erleichtert fragte ich ihn: *„Wissen sie denn jetzt, wer ihr Vater ist?"*

Er antwortete: *„Ja, ich weiß es, es ist dumm gelaufen! Ich wünschte, dass sie mein Vater wären, aber …!"*

Ihm stockte der Atem und er rang nach seiner Fassung. *„Wer ist es?"*, fragte ich. Sebastian schwieg einen kurzen Moment, aber dann kam seine Antwort: *„Es ist leider so, mein Vater ist mein Onkel! Hätte ich nur mal alles so gelassen, wie es war, und hätte nicht weiter geforscht! Dann wäre die Welt noch in Ordnung. Mein unechter Vater war eigentlich immer sehr anständig zu mir!*

Aber jetzt ist die Katze aus dem Sack und nichts lässt sich rückgängig machen!"

„Bist du dir wirklich sicher, dass dein Onkel dein Vater ist?"

„Ja, ich bin mir da leider ganz sicher, ein Gentest hat alles ans Licht gebracht! Natürlich sollte ich das niemals erfahren, mein Vater und meine Tante natürlich auch nicht! Aber es ist so, wie es ist!"

Mir fehlten die Worte und ich konnte nur noch sagen: *„Verzeihen Sie ihrer Mutter, das liegt ja schon sehr lange zurück. Und nur durch diese Umstände gibt es sie!"*

Er stotterte: *„Das ist nicht das Hauptproblem! Meine Tante und mein Onkel waren damals schon verheiratet, als es passiert ist! Damit muss ich erst einmal fertig werden!"*

Er tat mir leid, aber ich konnte nur noch sagen: *„Das ist natürlich nicht gut. Aber die Zeit heilt alle Wunden! Seien sie dankbar, dass sie durch diesen außergewöhnlichen Umstand auf der Welt sind!"*

Er antwortete: *„Natürlich haben sie recht, aber alle müssen das jetzt erst einmal verkraften! Ich hoffe, dass ich dieses seltsame Gefühl bald wieder loswerde!"*

Wir verabschiedeten uns und wünschten uns das Beste.

Als ich später Eva diese Geschichte erzählte, sagte sie: *„Was es nicht alles gibt!"*

„Ja, manchmal passieren ganz verrückte Dinge!",
antwortete ich, manchmal ist es besser, wenn
man nicht alles weiß, und dachte daran, dass
ich aus Versehen meine Schwiegermutter umgebracht habe…

PS: Das Gewehr von Marco ist bis heute nicht
wieder aufgetaucht

*Wenn Ihnen dieses Buch gefallen hat,
können Sie weitere verrückte Erlebnisse
von Otto im Roman: „Urlaubsroman,
Erst Scheidung dann Liebe" lesen.*

Personen:

Hertha:
Das ist meine Schwiegermutter

Eva:
Das ist meine liebe, süße Frau

Otto Loos: Das bin ich

Horst: Mein Schwiegervater

Sarayu oder Sara: Unsere Tochter

Günther: Unser Sohn

Dr. Krause: Evas Chef

Marco: Mein Freund und Saufkumpan

Denis und Tina: Unsere Nachbarn

Anna und Hans: Meine Berufskollegen

Anne Stein: Meine ehemalige Studienkollegin

Sebastian Oder: Das Kind von Anne Stein